SUPERNATURAL™

O LIVRO
dos
monstros, espíritos,
demônios e *ghouls*

SUPERNATURAL™

O LIVRO dos monstros, espíritos, demônios e *ghouls*

1a edição

ALEX IRVINE

Tradução
Luiza Vilela

Ilustrações
Dan Panosian

Supernatural criado por Eric Kripke

Título original: The Supernatural book of monsters, spirits, demons, and ghouls

3ª Impressão 2025

Presidente: Paulo Roberto Houch
MTB 0083982/SP

Coordenação Editorial: Priscilla Sipans
Coordenação de Arte: Rubens Martim
Revisão: Jorge Moutinho
Apoio de Revisão: Leonan Mariano

Projeto gráfico: Jaime Putortiz
Capa: Mary Schuck
Fotos da capa: Cortesia da Warner Bros.
Editoração eletrônica: Editoriarte
Revisão: Vera Villar e Maria Clara Jeronimo

Vendas: Tel.: (11) 3393-7727 (comercial2@editoraonline.com.br)

Foi feito o depósito legal.
Impresso na China

Dados Internacionais de Catalogação na Publicação
(CIP) de acordo com ISBD

C181s Camelot Editora

Supernatural Livros dos Monstros, Espíritos, Demônio e Ghouls / Camelot Editora. - Barueri : On Line Editora, 2023.
208 p. ; 15,1cm x 23cm.

ISBN: 978-65-85168-44-1

1. Literatura infantojuvenil. I. Título.

2023-1621 CDD 028.5
CDU 82-93

Elaborado por Vagner Rodolfo da Silva - CRB-8/9410

IBC — Instituto Brasileiro de Cultura LTDA
CNPJ 04.207.648/0001-94
Avenida Juruá, 762 — Alphaville Industrial
CEP. 06455-010 — Barueri/SP
www.editoraonline.com.br

Sumário

GHOULS, MORTOS-VIVOS ETC.

BRUXAS, ESPÍRITOS FAMILIARES E CÃES NEGROS

DEMÔNIOS

Prefácio

De ghouls e fantasmas e criaturas de pernas longas, protegei-nos ó, bom senhor.

— Antigo ditado irlandês.

E quando o misericordioso senhor se omitir, nós o faremos.

— Ditado Winchester mais ou menos recente.

Sam e Dean Winchester, a seu dispor. Nós somos caçadores. Despachantes de espíritos, carrascos dos mortos-vivos e do sobrenatural. Somos temidos por demônios, metamorfos e bichos-papões de todos os tipos e tamanhos. Resumindo: primeiro encontramos os monstros, depois explodimos os desgraçados.

Estamos nesse ramo desde muito cedo. Sam tinha seis meses quando um demônio matou a nossa mãe. Eu tinha cinco anos. Pode-se dizer que fomos criados num negócio de família. Nenhum de nós jamais teve um emprego decente, a não ser pelo Sam, que durante um curto período de tempo se iludiu, achando que poderia levar uma vida normal. O assassinato de sua namorada, Jéssica — exatamente igual ao de nossa mãe —, pôs um ponto-final nesse sonho, trazendo-o de volta à firma Winchester & Sons.

Até que, no ano passado, o negócio de família foi reduzido a dois indivíduos. Nosso pai se sacrificou para salvar Dean. Ele fez um pacto com o mesmo demônio desprezível que matou a nossa mãe e Jéssica.

Agora nós estamos perseguindo o filho da mãe de olhos amarelos e acabando com todo o mal que encontramos pelo caminho.

Nós não somos os únicos. Você pode não os enxergar ou não reconhecer o seu trabalho, mas há outros caçadores por aí. Pessoas que dedicaram suas vidas a protegê-lo de coisas que você nem sabia existir e nas quais não acreditaria se soubesse. Algumas dessas pessoas ensinaram o ofício ao nosso pai, como Daniel Elkins, Bobby Singer — boas pessoas. Algumas delas já nos ajudaram ao longo do caminho, é o caso de Jo e Ellen Harvelle.

E algumas deixaram que a caçada as transformasse exatamente no tipo de monstro que passaram a vida tentando exterminar. Isso mesmo, Gordon. Estamos falando com você.

É um problema e tanto. Você olha para o abismo, como disse Nietzsche, e o abismo olha de volta. A prioridade número um é destruir o mal, mas a prioridade 1-A é ter certeza de que aquilo que estamos prestes a destruir é realmente maligno. Nem sempre é fácil. Às vezes tudo o que se tem é o instinto; e às vezes você toma decisões responsáveis pela morte de pessoas.

Sendo assim, como distinguir entre uma assombração e uma simples maré de azar? Esta é uma das perguntas que assolam os caçadores desde o início. Na Europa medieval, as pessoas eram um pouco mais inclinadas a tirar conclusões sobrenaturais. Hoje, descobrimos a toda hora que muitos acidentes, que poderiam parecer assombrações ou maldições, não têm nada a ver com isso. É um mundo cruel esse em que vivemos, mesmo sem demônios, magia negra e espíritos inquietos.

Muitas vezes, no entanto, acontecem coisas que não podem ser explicadas pela ciência; nem mesmo pelos extremos mais desviantes e estranhos do comportamento humano. Nós aprendemos a distinguir o sobrenatural do meramente bizarro.

Nosso pai nos ensinou a procurar padrões. Se há uma série de mortes inexplicáveis em um determinado lugar, nós nos perguntamos: isso já aconteceu antes? Alguns figurões do mundo sobrenatural aparecem por alguns anos, até mesmo por alguns dias, e depois desaparecem por um tempo. As Shtrigas agem dessa maneira, assim como os Rakshasa e alguns tipos de demônios. Outros espíritos, quando estão com raiva, atuam em um mesmo padrão. Eles extravasam suas frustrações durante um tempo e depois aquietam-se, tornando o trabalho mais difícil, pois temos de descobrir o que foi que os deixou tão irritados. É muito complicado despachar um espírito quando não se sabe o que o está instigando. Conheça o seu inimigo, está escrito em algum lugar. Nosso pai martelou isso na nossa cabeça também.

Alguns padrões são fáceis de perceber. Mortes durante a lua cheia? Encaixam muito bem no perfil de um lobisomem — o que não significa que seja sempre assim tão simples. Afogamentos em série, ano após ano, perto do solstício de verão? Apostamos que é um nix. Desaparecimentos em massa próximos a um lugar específico? Espírito enraivecido, detalhes por vir. Mudanças bruscas de temperatura e perdas localizadas de colheitas? Esse provavelmente é um demônio — mais sobre isso depois. Muito mais.

Outros padrões podem incluir algum tipo de relação entre todas as pessoas afetadas. Frequentariam elas o mesmo bar? Teriam jogado *baseball* no mesmo time em uma pequena liga? Teriam possuído, durante um período de tempo qualquer, um determinado item amaldiçoado? Essa parte do trabalho é igualzinha ao trabalho da polícia. A diferença é que os policiais colocam os criminosos na cadeia. Nós mandamos os espíritos de volta ao além; e os demônios de volta ao inferno.

Neste livro, iremos mostrar a você todos os vários tipos de espíritos, monstros e demônios com os quais já esbarramos em nossa busca pelo grande vilão: o Demônio dos Olhos Amarelos que destruiu a nossa família. Uma guerra se aproxima e, quando ela chegar, todos nós precisaremos saber o máximo possível sobre o outro lado.

Pois então leia; e veja o que acontece quando se entra no mundo do sobrenatural.

ESPÍRITOS

Existem inúmeros tipos de espíritos, e eles podem ser compelidos a ficar no mundo dos vivos por qualquer tipo de emoção: amor, ódio, tristeza ou confusão. Papai cita o demonologista Ebenezer Sibly em seu diário:

> *Há sempre muitos espíritos pelo mundo, uma vez que eles são o início de tudo e precisam ser examinados e preparados; mas não há um tempo pré-estipulado para sua estadia — alguns sobem aos céus e outros são confinados no inferno imediatamente após a sua chegada, ao passo que outros permanecem por semanas e até mesmo anos.*

Na grande maioria dos casos, um espírito fica preso a algum objeto material. Muito frequentemente, esse objeto são os seus próprios restos mortais. Nós gastamos muito tempo desenterrando ossos, mas também já trabalhamos em casos nos quais o espírito estava habitando joias, bonecas, porta-retratos — tudo o que você imaginar. Para resumir, eis o que aprendemos:

Qualquer coisa pode ser mal-assombrada.

Após a morte, alguns espíritos não querem partir. Eles acham que seu trabalho na Terra ainda não acabou, ou têm a sensação de que precisam desfazer alguma malfeitoria ou vingar uma injustiça. Então se recusam a ir embora. Ficam zanzando pelo mundo material, impossibilitados de encostar nas coisas e falar com as pessoas, tendo como única companhia outros espíritos, tão confusos e perdidos quanto eles próprios. Não é preciso ser nenhum Dr. Phill para constatar que mais cedo ou mais tarde todas essas emoções vão explodir.

Quando isso acontece, temos um espírito que pode estar bravo, irado, ou apenas descontrolado por causa de tanta angústia. Qualquer que seja o motivo, eles tendem a ser fatais para aqueles que cruzam seu caminho, sendo nosso dever devolvê-los à estrada de volta para o além.

Dissipar um espírito não tem segredo, ainda que nem sempre seja fácil. Primeiro você encontra os restos mortais ou o objeto que o espírito está utilizando como foco para mantê-lo ativo no mundo real. Assim que encontrar, você joga sal em cima e ateia fogo. Acabou o espírito.

Pode não ser muito refinado, mas dá conta do trabalho. Algumas vezes tudo o que você precisa fazer é dar ao corpo um funeral apropriado. Isso funciona nos casos em que o espírito não teve tempo de enlouquecer no limbo entre esse mundo e o próximo. Se no fim das contas for um mau agouro — bem, esses ficam satisfeitos só de serem notados.

Eis aqui uma velha história, talvez uma das mais antigas, sobre um espírito desse tipo. É uma das preferidas do papai — bem, era uma das preferidas do papai. Talvez seja o exemplo clássico de história de casa mal-assombrada.

PLÍNIO, O JOVEM, CARTA PARA SURA

Havia em Atenas uma casa grande e espaçosa, mas que tinha má reputação. Assim sendo, ninguém podia morar ali. Na calada da noite, um barulho metálico podia ser percebido, o qual, se ouvido com atenção, soava como o chacoalhar de correntes de ferro, distantes a princípio, mas aproximando-se gradativamente. No instante seguinte, um espectro aparecia na forma de um velho de aparência emaciada e esquálida, com uma longa barba e cabelos desgrenhados, arrastando as correntes presas aos seus braços e pernas. Enquanto isso, aflitos, os ocupantes da casa passavam horripilantes noites em claro, enfrentando terrores inimagináveis. Tudo isso, por perturbar o descanso, acabava por minar a saúde desses moradores, acarretando doenças, fazendo crescer o terror e sucedendo em morte. Mesmo na luz do dia, quando o espírito não aparecia, a imagem que deixara na imaginação era tão forte que ele parecia ainda estar diante de seus olhos, deixando-os num estado de alerta sem fim. Consequentemente, depois de um tempo, a casa foi ficando deserta, uma vez que foi considerada totalmente inabitável, ficando então completamente abandonada aos caprichos do fantasma. No entanto, na esperança de encontrar algum inquilino que não estivesse ciente dessas circunstâncias alarmantes, uma placa foi colocada anunciando que a casa estava disponível para aluguel ou venda. Aconteceu que Athenodorus, o filósofo, chegou a Atenas na mesma época e, vendo a placa, inquiriu sobre o preço do imóvel. O preço incrivelmente baixo levantou suspeita. Contudo, ao ouvir a história toda, ele estava muito menos inclinado a recusar os termos do aluguel do que a aceitá-los, como de fato o fez. Com a chegada da noite, ordenou que uma cama fosse preparada para ele na parte da frente da casa e, após pedir que lhe trouxessem uma lamparina e material para escrever, dispensou a criadagem. E para que sua mente, por desejar se ocupar, não acabasse ficando vulnerável a terrores frívolos advindos de barulhos e espíritos, dedicou-se a escrever com o máximo de atenção que podia. A primeira metade da noite passou em silêncio absoluto, como de costume; até que finalmente o tinir do ferro e o arrastar das correntes foram ouvidos. No entanto, ele não levantou os olhos, nem parou de escrever; na tentativa de manter a calma e a compostura, tentou ignorar os sons, como se estivessem vindo de outro lugar. O barulho foi ficando mais alto e mais próximo, até que parecia estar à porta e, finalmente, dentro do cômodo. Ele levantou os olhos, viu e reconheceu o fantasma, exatamente como o haviam descrito: estava parado diante dele, gesticulando com o dedo, como quem chama o outro. Em resposta, Athenodorus fez um sinal com a mão, avisando que esperasse um pouco, e voltou seu olhar para seus escritos mais uma vez. O fantasma então arrastou suas correntes até o filósofo, que olhou novamente e, ao constatar que ele continuava sinalizando, levantou-se de pronto e o seguiu, lamparina em punho. Vagarosamente, o fantasma seguiu em sua penosa caminhada, como se estivesse sobrecarregado pelas correntes, e, ao entrar no quintal dos fundos da casa, desapareceu repentinamente. Vendo-se só, Athenodorus marcou o local em que o espírito o deixou com um pouco de grama e folhas. No dia seguinte, informou as autoridades e aconselhou que o local fosse escavado. O trabalho foi realizado de acordo com o pedido, e o esqueleto de um homem acorrentado foi descoberto no local, uma vez que o corpo, tendo estado debaixo da terra há tanto tempo, já havia apodrecido e virado pó, desprendendo-se dos grilhões. Os ossos foram recolhidos e enterrados numa cerimônia pública; dessa forma, tendo sido apaziguado o espírito, a casa deixou de ser mal-assombrada.

Isso explica por que um segundo enterro funciona, ao menos de vez em quando. Por que sal, então? A sabedoria folclórica acerca do nosso composto mineral mais famoso data de milhares de anos; em todos os casos, representa pureza. Gregos, romanos e hebreus usavam o sal como oferenda, acreditavam que era poderoso — e comiam bastante sal também. Os romanos chegavam ao ponto de salgar o próprio vinho. Nós já conhecemos caçadores que salgavam suas cervejas — isso vem de uma tradição escocesa segundo a qual se adicionava uma pitada de sal ao mosto para manter as bruxas afastadas da mistura. Lendas romanas dizem que grávidas que não comem sal dão à luz vampiros. Segundo o folclore japonês, fantasmas problemáticos são engarrafados em jarras com sal. Sal também significa perpetuidade, e o Velho Testamento faz menção ao *pacto de sal* estabelecido entre Yahweh e seus filhos desobedientes. No livro *Descoberta da feitiçaria*, de 1584, Scot nos diz que "o Diabo não apreciava sal em sua comida".

E espíritos detestam o sal vindo direto do cano de uma arma para suas cabeças ectoplásmicas. Eles não morrem, mas é o suficiente para tirá-los do seu caminho por um tempo. Também pode mantê-los afastados de sua casa: basta espalhar um punhado nos vãos de portas e nos parapeitos das janelas, mas nunca vimos isso funcionar por muito tempo.

Outro truque que aprendemos ao longo do tempo é que a maioria dos espíritos e bruxas não gosta de ferro. A teoria do nosso pai era a de que o magnetismo do ferro tinha alguma coisa a ver com

esse poder. Nós acreditamos, mas o que importa mesmo é que funciona. E nós pertencemos a uma tradição antiga que faz uso desse metal. Mães irlandesas costumavam colocar um pedaço de ferro no berço do bebê para impedir que fadas ou elfos trocassem a criança por outra. Está na base do folclore europeu a crença de que bruxas não podem ultrapassar uma barreira de ferro em estado bruto — e essa é verdadeira, nós já presenciamos. Gregos e romanos mantinham o ferro afastado de seus templos e cemitérios, pois gostavam da presença de espíritos e sabiam que o metal os afastaria (o extremo oposto dessa história são as grades de ferro que circundam cemitérios, colocadas ali para manter os espíritos do lado de dentro). O ferro em estado bruto — aquele que não passou pelo processo de fundição, ou seja, que foi moldado sem ajuda de calor — é o melhor, mas, na hora do aperto, serve qualquer tipo.

Ainda que existam algumas regras — espíritos não gostam de ferro, não gostam de sal e costumam não gostar da gente –, cada espírito é ligeiramente diferente do outro. Ah — eles também tendem a cheirar a ozônio, por motivos que ainda desconhecemos. Aqui estão alguns dos filhos da mãe mais desagradáveis com os quais esbarramos nesses últimos anos.

A mulher de branco

Esse tipo aparece pelo mundo todo; e sempre dá um jeito de voltar. Nós já demos fim a pelo menos uma dúzia delas desde a nossa infância. Em linhas gerais, a história é mais ou menos essa:

Uma jovem, em decorrência de um ataque de fúria descontrolado provocado pela maneira como é tratada pelo marido, mata seus filhos. Ou ela os mata porque eles a impediam de se casar com o homem dos seus sonhos. Em ambos os casos, depois do ocorrido ela morre e se torna um espírito. A versão mais famosa é provavelmente a mexicana.

Diz a história que muito tempo atrás uma bela princesa indígena chamada Dona Luísa de Loveros se apaixonou por um atraente nobre de seu país, Dom Nuno de Montesclaros. A princesa o amava muito e teve dois filhos com o nobre, mas Montesclaros recusava-se a se casar com ela. Quando ele finalmente a abandonou para se casar com outra mulher, Dona Luísa foi tomada por um acesso de raiva e apunhalou seus dois filhos. As autoridades a encontraram vagando pela rua, soluçando de choro, suas roupas cobertas de sangue. Ela foi condenada por infanticídio e mandada para a forca.

Desde então, diz-se que o fantasma de *La Llorona* ("A mulher que chora") vaga pelo país durante a noite, clamando por seus filhos assassinados. Quando encon-

tra alguma criança, é provável que ela a carregue para o mundo subterrâneo, onde reside seu próprio espírito.

Mesmo essa já é a versão de uma história muito mais antiga, talvez da época em que os conquistadores espanhóis estavam expandindo seus negócios ao longo do Rio Grande — o que serve de exemplo para você entender há quanto tempo esse tipo de espírito está por aí. Há outra versão que se passa um pouco mais perto de nossa casa, registrada nas proximidades de Dallas. Nesta versão, um motorista (quase sempre durante a noite) aceita dar carona a uma mulher, que ou desaparece, quando o carro passa em frente a um cemitério, ou dá o endereço de uma casa há muito abandonada. Nosso pai tinha opiniões muito bem formadas sobre a caroneira fantasma.

É sempre perigosa, pois usa como isca uma das mais nobres qualidades humanas: o impulso a ajudar o próximo. O problema da caroneira fantasma é que ela nunca desaparece por completo. Às vezes deixa para trás um objeto pessoal, fazendo com que a pessoa que lhe ofereceu carona tente encontrá-la novamente. Geralmente, a busca leva direto a um cemitério — e lá se vai mais um bom samaritano deste mundo. Alguns espíritos sabem que não podem fazer uma abordagem direta, outros simplesmente adoram o jogo e divertem-se, tirando vantagem do lado mais nobre da raça humana.

Nos arredores do parque White Rock Lake as pessoas costumam ver luzes estranhas e ouvir barulhos esquisitos; e se você ficar algum tempo por lá, os moradores locais provavelmente lhe contarão uma história. Uma garota bonita, usando um vestido de festa completamente molhado, pede carona e depois desaparece antes que o carro chegue ao destino indicado por ela. A mesma garota também aparece nas portas das casas que ficam à beira do lago, pedindo para usar o telefone, para depois desaparecer, deixando apenas uma poça de água e o eco de seus gritos.

Nós também já ouvimos falar de casos da *La Llorona* no cemitério de Bachelor's Grove, em Chicago; em Fort Monroe, Virgínia; na Crywoman's Bridge, que fica em Dublin, Indiana; na Calumet Bridge, em Gary, também Indiana — ou seja, alguma coisa na área de Chicago parece atraí-las como moscas. Mas nós já ouvimos lendas sobre mulheres de branco/caroneiras fantasmas vindas de lugares distantes, como Cingapura, porém são os tipos inofensivos. Aqueles com os quais ainda não tivemos que lidar, ou porque são apenas espíritos vagantes ou porque ainda não se tornaram malévolos.

A última vez que encontramos uma mulher de branco foi em Jericho, na Califórnia, alguns anos atrás. Como o fantasma de White Rock Lake, ela era uma caroneira fantasma. Pedia carona e, caso você aceitasse, iria parar em uma velha casa abandonada no meio do nada, onde você não teria que se preocupar se deixasse a porta aberta. Ademais, neste caso, o espírito — Constance Welch — era o

de uma suicida. Ela afogou seus filhos e depois pulou da Sylvania Bridge. Às vezes, suicidas se tornam espíritos irritados que não focam sua raiva nas pessoas que lhe fizeram algum mal durante a vida. Eles estão apenas perdidos e machucados, só que, com o tempo, isso vira maldade e aí começam a perseguir qualquer um que lembre vagamente os possíveis responsáveis pelo seu suicídio.

Nosso pai, depois de exterminar uma MDB nos arredores de Durant, Oklahoma, em 1991, escreveu em seu diário que achava que a *La Llorona* fosse o mesmo tipo de espírito que os irlandeses chamavam de *bean sidhe*, ou:

Banshee. Às vezes estão vestidas de branco, às vezes embrulhadas em um lençol ou usam as vestes em que foram enterradas. Elas lamentam, gritam e às vezes cantam para anunciar a morte de algum membro da casa onde são ouvidas. Geralmente, aparecem em três formas diferentes, que correspondem aos três estágios da vida de uma mulher (e talvez tenham alguma relação com a idade da pessoa cuja morte está sendo sinalizada). Um espírito banshee pode aparecer na forma de uma bela jovem, de uma matrona ou de uma velha, feia e moribunda. Quando na forma da velha, tem uma conexão, bem longínqua, com conhec das figuras inglesas do mesmo tipo, como a Black Annis, uma bruxa caolha de bom porte físico e feições demoníacas: dentes compridos, garras de ferro e um rosto azulado. Dizem que ela se esconde em um carvalho gigante, único sobrevivente da floresta primitiva. Como muitas bruxas, tinha hábitos canibais, preferindo sempre crianças, as quais esfolava, ainda com vida, antes de comer. Suas peles eram penduradas em uma caverna debaixo da árvore.

Outro exemplo é a baba yaga, de tradição russa. Dizem que mora nas profundezas da floresta, em uma

cabana mágica, é dotada de pernas de galinha e costuma se alimentar de crianças. No entanto, ao contrário da Black Annis, a baba yaga pode ser uma importante fonte de ajuda mágica para um herói ou criança em busca de algo. Se você fizer as perguntas certas ou pegá-la de bom humor, é possível que ela o ajude a resolver seu problema, em vez de transformá-lo em jantar.

Uma Banshee costuma ser vista chorando enquanto lava roupas ensanguentadas no rio — geralmente as roupas de alguém que está para morrer. Além disso, ela pode aparecer na forma de corvo, coelho ou de um furão.

A *banshee* é muito mais um mau agouro do que a mulher de branco costuma ser, mas a relação está lá. Ao menos no caso de Jericho, ver Constance Welch era sinal de morte certa.

Espíritos aquáticos

Mulheres de branco que se jogam em rios, Banshees que lavam roupas ensanguentadas nas suas margens — espíritos adoram água. Alguns tipos estão sempre em contato com ela. As sereias da Odisseia são provavelmente os mais famosos espíritos aquáticos que já existiram. Mas não são os únicos. Os países eslavos têm o *vodyanoy* e a *rusalka*, os índios americanos tiveram os *mannegishi*, os alemães tiveram a lorelei, as ilhas britânicas tinham mais espíritos aquáticos do que se podia contar: *kelpies*, ninfas e o *each uisge*. Eles costumam aparecer nos Estados Unidos onde quer que os povos imigrantes os façam se sentir em casa.

Nosso pai se meteu em confusões com vários desses espíritos e deixou algumas anotações sobre eles em seu diário.

VODYANOY. Espírito aquático russo do sexo masculino. Apontado por alguns como um metamorfo, mas aparece mais na forma de um velho com a pele escamada e uma barba verde emaranhada em muco e algas. Pode viver em turbilhões d'água. Em porções maiores de água, geralmente reside em destroços de navios naufragados, tendo como criadagem os fantasmas da tripulação que afundou com o navio. Afoga pessoas para transformá-las em escravos, mas protege os pescadores que o apaziguam oferecendo-lhe o primeiro peixe da pescaria. Gosta de manteiga e tabaco.

Também gosta da rusalka, e costuma casar-se com uma ou tomar várias como servas/concubinas. Rusalkis são espíritos de mulheres assassinadas ou cujo suicídio foi relacionado à água; às vezes crianças que foram afogadas pelas próprias mães (ver Mulher de Branco). Na forma adulta, cantam para atrair passantes e marinheiros, para depois afogá-los e transformá-los em seus espíritos-amantes. A sabedoria popular insinua que possuam características vampirescas. Algumas rusalkis desaparecem, caso sua morte seja vingada. Também podem ser dissipadas se ficarem fora d'água tempo suficiente para que seus cabelos sequem por completo. Quando na forma de crianças, podem ser dissipadas por batismo com água-benta.

Ouvi falar dos vodyanoy por intermédio de caçadores do Alaska, mas nunca vi um.

O nix germânico combina características tanto do vodyanoy quanto da rusalka. Quando assume a forma humana, geralmente é do sexo masculino, muito bonito e perigoso para moças solteiras e crianças não batizadas. Mais ativo nos solstícios de verão e de inverno (versões cristãs da lenda dizem que aparece também na véspera do Natal). Toca música para atrair seus alvos. É também um mau presságio de afogamento — assim como a Banshee — e pode ser ouvido gritando de dentro d'água, sinalizando que alguém está para se afogar. Assim como o vodyanoy, o nix gosta de tabaco, além de vodca. Pode ser atraído para a superfície por sangue pingando na água, ou pelo sacrifício de um animal negro. Certa vez, em Pickney, Michigan, eu atraí um nix usando um black shuck como sacrifício. Foi bonito de se ver: um cão do inferno se engalfinhando com um espírito aquático. O Shuck venceu e, como forma de agradecimento, eu o mandei de volta pro inferno.

Algumas vezes o nix aparece na forma de um cavalo chamado bäckahästen (cavalo dos córregos), o qual, se montado por alguém, joga seu cavaleiro dentro d'água, afo-

gando-o. Há aqui uma coincidência com histórias celtas/escocesas sobre o kelpie e o each uisge. Kelpies surgem nas névoas próximas a rios e afogam aqueles que os montam. Pode ser seguro usar o each uisge como montaria, contanto que ele não possa ver nem sentir o cheiro da água. No instante em que isso acontece, ele arrasta o cavaleiro para dentro d'água e o devora, deixando apenas o fígado.

Esse último detalhe eu achava que era só história, até que me atraquei com um each uisge na reserva de Quabbin, em Massachusetts. Para completar, este havia assumido a forma humana de um belo rapaz, sempre com o cabelo cheio de ervas daninhas. Tive muita sorte de sair vivo e com o meu fígado intacto.

Eu adorava nadar, mas essa foi mais uma coisa que o trabalho tirou de mim.

Espíritos aquáticos não precisam de muita água, inclusive. Vide as lendas britânicas de Jenny Greenteeth ou Peg-o'-the-Well.

Os mannegishi, espíritos de índios norte-americanos que vivem em corredeiras, gostam de pregar peças em humanos. Mas as brincadeiras tendem a acabar em morte. Uma de suas preferidas é virar canoas. Eu encontrei um mannegishi em Minnesota, não muito longe de onde mora o Pastor Jim. Ele virou sete caiaques antes que eu conseguisse acabar com ele.

Nós também já fizemos um pouco de "caça de espíritos submarina". Há algo na água, nos afogamentos, que atrai espíritos inquietos. De origem japonesa, há o *nisigui* — fantasma da água — mas que preferimos chamar de "fantasma expiatório". Segundo a tradição japonesa, pessoas que morreram afogadas não podem reencarnar. Então o que elas fazem? Afogam outra pessoa, e assim recebem a permissão para seguir em frente. Um fantasma expiatório. Houve uma série de afogamentos causados por fantasmas expiatórios no canal de Fort Point, em Boston, alguns anos atrás. Além disso, o folclore japonês está cheio de fantasmas de cabelo longo e molhado.

Contudo, em muitos casos, um espírito aquático é apenas um espírito cujo corpo morreu na água. Ele fica por aqui pelo mesmo motivo de sempre: para ser vingado, ou porque simplesmente não consegue partir. Não faz muito tempo, nós cruzamos com um desses em Lake Manitoc, Wisconsin. Num período de mais ou menos 35 anos, ele matou uma meia dúzia de pessoas e, quando desvendamos o mistério, descobrimos que era um garotinho assustado. Dois amigos mais velhos deles o estavam sacaneando um dia quando a coisa saiu de controle e ele se afogou. Então ele continuou a reaparecer, matando todos os entes queridos dos seus amigos, até que um deles — que por acaso era o xerife da cidade, então imagine como foi complicado descobrir tudo isso — sacrificou-se para salvar o próprio neto. Esse foi um dos casos mais difíceis.

Lendas urbanas e espíritos vingativos

Todos vocês já ouviram a lenda do homem-gancho, certo? Um casal está se beijando dentro do carro e ouve no rádio que há um assassino enlouquecido à solta, reconhecível por possuir um gancho no lugar de uma das mãos. A garota fica assustada e diz que quer ir para casa. Aqui a história toma dois caminhos diferentes: se o cara for galante e concordar em levá-la embora, eles chegam à casa da garota e encontram uma prótese de gancho pendurada em uma das maçanetas.

Se o cara não concordar e decidir que vai dar uma olhada em volta para acalmar os nervos da garota — e para que assim possam voltar a namorar —, então, pouco tempo depois, a garota começa a ouvir um som estranho de arranhões vindo do teto do carro. Ela fica muito nervosa, olha do lado de fora e encontra o namorado morto, pendurado em um galho de árvore acima do carro. Os arranhões eram as unhas do namorado arrastando no teto.

Então essa é apenas uma história para prevenir os jovens de tentarem alguma gracinha depois do cinema, certo? Bem, às vezes os espíritos usam as nossas histórias para que possam assumir uma forma. Há histórias reais, sem nenhuma ligação com o sobrenatural, envolvendo assassinos que perseguem casais apaixonados em carros — alguém já ouviu falar no Assassino da 44? Lembram como ele jurou ter visto um cão negro ordenando que ele matasse? Contaremos mais sobre cães negros depois...

Antes do Assassino da 44, logo após o fim da Segunda Guerra, existiu um assassino perseguidor de jovens casais no Arkansas. Desde então, já ouvimos falar de casos em Los Angeles, Norman, Oklahoma — em todos os cantos. Investigamos alguns deles e descobrimos espíritos vingativos obcecados pela castidade adolescente.

Certa vez nós, de fato, nos deparamos com um homem-gancho. Um assassino com um gancho grande e nojento no lugar da mão. Ele entrou numa paranoia moralista e então saiu, durante a noite, matando todos que considerasse imorais. A maioria prostitutas, já que eram alvos mais fáceis. O mal que existia nele foi perpetuado mesmo após a sua morte, mesmo depois que o gancho foi derretido e transformado — vejam que ironia — em um colar dado por um pai à sua filha. O pai era um pastor que nem sempre praticava aquilo que pregava, se é que vocês me entendem, e a mente perturbada de sua filha trouxe o homem-gancho de volta através daquele colar. Exemplo clássico de objeto mal-assombrado e espírito vingativo.

Aqui vai outro clássico. Você se coloca na frente de um espelho em um quarto escuro e diz "Bloody Mary". Três vezes, treze vezes ou cem vezes. Talvez à meia-noite, talvez andando em círculos, talvez subindo uma escada de costas.

Mas quem é Bloody Mary? O nome vem da rainha inglesa Mary Tudor, famosa por ter perseguido dissidentes protestantes. Mas já foi atribuído a várias pessoas desde então. Como Mary Worth, por exemplo, acusada e condenada por ter assassinado seus próprios filhos — só que ninguém nunca sabe onde e quando. Provavelmente na sua cidade, muito tempo atrás. Ou Bloody Mary pode ser o fantasma de uma mulher assassinada logo após seu casamento e que poderia estar grávida. Você pode evocá-la dizendo que foi você quem matou seu bebê. Dizem que, se você o fizer e ela aparecer, duas coisas podem acontecer: ou ela vai lhe contar algo sobre o seu futuro, ou vai arrancar toda a pele do seu rosto e matá-lo.

A parte da história que menciona o espelho é muito antiga, muito mais do que a maioria das pessoas imagina. Vejamos o que o nosso pai relatou:

A catoptromancia, ou adivinhação por espelhos, vem sendo praticada em quase todas as culturas desde o surgimento desse objeto. Antes disso, qualquer superfície que produzisse reflexo — água parada, principalmente — era usada para fazer profecias ou para que se pudesse prever o futuro. Os astecas criaram o Tezcatlipoca, ou "espelho fumegante", derramando mercúrio dentro de uma tigela. John Dee, mágico da corte da Rainha Elizabeth I, fazia adivinhações com a ajuda de espelhos. Várias culturas mencionam que se você realizar um certo tipo de ritual enquanto se olha no espelho, como comer uma maçã, pentear o cabelo ou realizar qualquer umas das milhares tarefas diárias de uma dona de casa, verá seu futuro marido. Uma variação dessa lenda é olhar para dentro de um poço ao nascer do sol para ver que reflexo aparece dentro dele, quando o sol começa a brilhar. Em muitas dessas histórias, o perigo é que você corre o risco de ver a Morte, o que significa que você irá morrer antes de se casar.

A tradição também diz que quando uma pessoa morre, todos os espelhos da casa devem ser cobertos, para que o espírito não fique preso dentro de um deles.

Quebrar espelhos é sinal de azar porque eles são o reflexo da nossa alma e também porque contêm o futuro. Por isso os sete anos de azar: você quebrou o seu futuro.

E é por isso que há um espelho envolvido na história da Bloody Mary. De qualquer forma, se você é uma garota, é bem provável que alguma vez em uma festa do pijama alguém já tenha desafiado você a evocar a Bloody Mary. Ou talvez isso não tenha acontecido ainda, mas acredite: vai acontecer.

E aqui vai o nosso conselho: *Nem pense nisso.* Ela pode aparecer mesmo.

Como sabemos?

Porque já a encontramos. Ou talvez o certo seja dizer que encontramos um espírito que usava a lenda urbana da Bloody Mary como maneira de se infiltrar novamente no mundo material. Nós conseguimos rastrear, depois de algum tempo, o fantasma de uma menina assassinada cujo nome era Mary Worthington. O assassino arrancou-lhe os olhos, e seu espírito ocupava um espelho na casa onde havia morrido. No leito de morte, ela havia tentado escrever o nome de seu assassino na parede, mas não conseguiu terminar, levando o segredo para o túmulo consigo. Onde quer que o espelho fosse, ela ia também, e sempre que alguém a evocava naquele local, ela voltava à vida — se é que podemos chamar aquilo de "vida" — e matava a tal pessoa, caso ela estivesse escondendo um segredo muito obscuro.

É assim que os espíritos funcionam. Eles perdem um pouco a capacidade de pensar racionalmente depois de um tempo.

Na verdade, até que gostamos dessa característica. Eles são o que são, então sabemos o que esperar. Não importa o que os levou a se comportar de maneira perigosa — se já eram malignos ou se apenas enlouqueceram por estarem presos entre dois mundos. É tudo muito preto e branco. Se um espírito começa a fazer o mal às pessoas, nós o apagamos.

Espíritos terrestres: nativos e imigrantes

MALDIÇÕES DOS ÍNDIOS NORTE-AMERICANOS

A maldição dos antigos cemitérios indígenas já é tão batida que a primeira vez que nos deparamos com uma nem nós mesmos acreditamos. Digo: se você considerar todas as coisas estranhas que já vimos sem nunca termos ouvido falar antes, esbarrar com o mais antigo dos antigos tipos de assombração, desses que se ouvia em radionovelas, é um tanto desconcertante.

Mas a história dos Estados Unidos está repleta de maldições dos índios nativos, as quais parecem estar se multiplicando; e nós, euro-americanos, falamos sobre fantasmas de índios praticamente desde que os peregrinos chegaram aqui. Aqui vai um exemplo retirado de um poema escrito em 1787 por um cara de quem nunca ouvimos falar. Seu nome era Philip Freneau:

O CEMITÉRIO INDÍGENA

Ao contrário do que dizem os eruditos,
Minha velha opinião mantenho;
A postura que damos aos mortos
Determina o descanso eterno das almas.
Assim não pensam os antigos desta terra –

O índio, quando liberto desta vida,
Senta-se novamente à mesa
E divide outra vez a comida.

Suas figuras de pássaros, sua tigela pintada,
E sua carne, todos preparados para uma jornada,
Sugerem a natureza da alma,
Não há descanso para suas atividades.

Suas flechas feitas de ossos,
Seu arco preparado para a ação,
Só podem significar que a vida se vai,
Mas a essência da alma não.

Se você, forasteiro, nesta terra aportar,
Cuidado para os mortos não insultar,
Mas ache a protuberância na terra e diga,
Aqui não estão deitados, e sim sentados.

Aqui, uma grande rocha ainda reside,
Na qual o olhar curioso pode encontrar
(agora gastos pela chuva que persiste)
Os gostos de uma civilização milenar.

Aqui, um antigo olmo ainda respira,
Em cuja grandiosa sombra
(E o qual o pastor ainda admira)
As crianças da floresta brincam.

Está sempre ali uma inquieta rainha indígena,
(A pálida Marian, com seus cabelos trançados)
E muitas criaturas bárbaras são vistas
Repreendendo os que ali se demoram.

Nas noites de lua, sob a umidade do orvalho
Equipado para a caça
O caçador persegue o gamo
O caçador e o gamo – uma sombra.

E não demora para que veja suas fantasias,
O pajé pintado, a lança afiada,
E por isso deves dobrar os joelhos,
Diante das sombras e desilusões daqui.

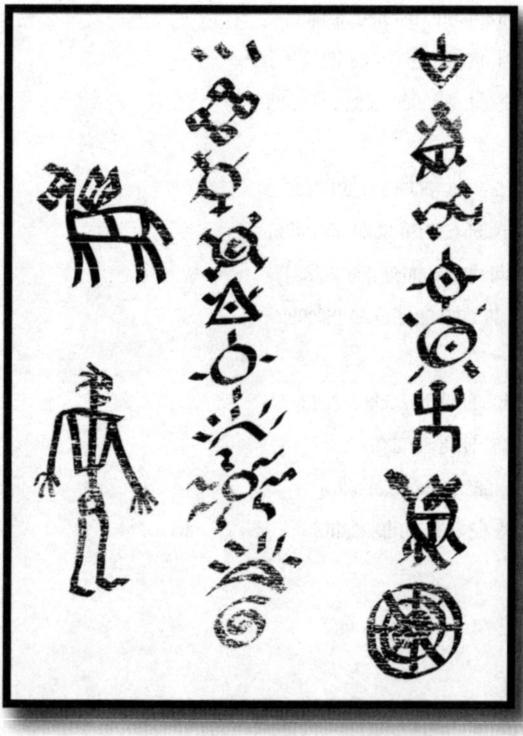

"Não há descanso para suas atividades" é uma verdade. Se existe alguma coisa que pode competir com o "coelhinho da Duracel" em termos de persistência, é uma maldição indígena.

AMITYVILLE

Em 1644, o relacionamento entre ingleses e holandeses onde hoje fica Long Island, Nova York, era complicado. Um dos problemas era o fato de que os dois lados não conseguiam chegar a um acordo sobre como lidar com os índios massapequa, cujo chefe, chamado Tackapausha, dizia ter vendido aos holandeses apenas o direito de usar a terra ocupada por suas colônias — não a terra em si. Depois de muito discutir o problema, os holandeses decidiram tomar as rédeas da situação e contrataram o capitão John Underhill, um temido caçador de índios que, alguns anos antes, durante a Guerra de Pequot, havia se tornado famoso por causa do Massacre de Mystic, no qual 400 pequots foram queimados vivos ou abatidos, enquanto tentavam fugir de uma vila próxima ao rio Mystic. Com essa atrocidade em seu currículo e tendo mudado há pouco para a ilha de Manhattan (o pedaço de terra que corresponde hoje ao local de construção da Trinity Church), o capitão era a contratação perfeita para ajudar os holandeses a eliminar a questão dos massapequa. E assim ele fez. Primeiro presidiu a tortura e o assassinato de sete índios acusados de roubar porcos, depois emboscou e abateu aproximadamente 120 massapequas, enterrando-os em uma vala situada num local chamado Fort Neck. Por esse trabalho — e por outro realizado alguns meses depois no local onde hoje fica Westchester County — recebeu a quantia de 25 mil florins holandeses.

Quando, anos depois, uma estrada foi construída no local onde ficava o Fort Neck, disseram que o solo ali era mais vermelho do que em qualquer outro lugar nas redondezas. Uma escavação arqueológica no local, por volta da mesma época da construção da estrada, revelou os ossos de 24 pessoas, provavelmente massapequas mortos por Underhill. O restante deles nunca foi encontrado.

O interessante nisso tudo é que Fort Neck fica a mais ou menos 1,5 km do número 112 da Ocean Avenue, endereço do mais famoso caso de assombramento da história dos Estados Unidos. Depois que Butch DeFeo matou seus pais e quatro irmãos dentro da casa, ele alegou ter sido possuído pelo espírito de um líder indígena quando cometeu os assassinatos. A família Lutze, que se mudou para a casa após o incidente, fugiu depois de um mês, assustada por uma verdadeira avalanche de atividades paranormais. Você já viu esse filme: cheiro de enxofre vindo do "quarto vermelho" no porão, oscilações de temperatura, um crucifixo que vira de cabeça para baixo, ectoplasma gotejando das paredes — clássica história de *poltergeist*. Não nos surpreenderia nem um pouco se o tal Tackapausha ou qualquer outro massapequa que morrera em Fort Neck estivesse com raiva o suficiente e tivesse morrido de maneira violenta o suficiente para se unir a esse tipo de espírito atormentado.

Partes da história contada pela família Lutze foram questionadas, mas nós sabemos que não é incomum para pessoas que tiveram experiências sobrenaturais ter memórias obscuras e fragmentadas sobre o ocorrido. As próprias pessoas também inventam coisas. Mas, veja bem, se você quer mesmo saber, um histórico local de índios massacrados e jogados em valas comunitárias é estímulo suficiente para uma caçada. E é possível que os Lutzes tenham escapado sem sofrerem muito.

ROTA 55

Há muitos outros exemplos, alguns não tão espetaculares quanto Amityville — mas definitivamente mais letais. Tomemos o exemplo da Rota 55 de New Jersey, que foi reconstruída na primavera de 1983 e passava pelo distrito de Deptford. Um índio local de Delaware — Carl Pierce ou Sachêm Wayandanga, dependendo de onde você pesquisa — alertou os engenheiros de que o caminho previsto para a estrada violava um dos cemitérios de sua tribo. No entanto, burocratas que eram, não deram a mínina.

De acordo com um jornal de Newark chamado *Star-Ledger*, os seguintes acidentes sucederam durante as obras:

1º — um trabalhador foi atropelado por um rolo compressor;
2º — um trabalhador morreu ao ser atirado de um viaduto por ventos absurdamente fortes;
3º — um inspetor caiu desmaiado no local por culpa de um aneurisma;
4º — uma van que levava trabalhadores do departamento para o local explodiu.

Fora do canteiro de obras, durante a primeira semana de construção, quatro familiares de pessoas que trabalhavam no projeto morreram repentinamente. Tudo isso pra construir apenas 11 km de estrada.

A moral da história aqui é a seguinte: quando um índio diz que você não deve construir uma estrada, talvez você deva escutá-lo.

A MALDIÇÃO DOS LAGOS DE WISCONSIN – AH, E OS INSETOS

Aqui vai uma que papai anotou em seu diário. Nós a encontramos enquanto tentávamos desvendar o que estava acontecendo em Oasis Plains, Oklahoma:

MALDIÇÃO DOS LAGOS DE WISCONSIN

O último índio a deixar o Lago Wingra (conhecido também como Dead Lake, "O Lago Morto"), disse que a água iria secar. Nos 50 anos que se seguiram, o lago diminuiu drasticamente e, como saiu no Wisconsin State Journal, em 1923: "também se tornou conhecido por seus redemoinhos escondidos e por ser traiçoeiro".

Um índio Winnebago foi assassinado no distrito de Maple Bluff, próximo ao lago Mendota. Ele conclamou os espíritos do lago para que amaldiçoassem os colonizadores brancos e matassem dois deles por ano. No mesmo artigo citado acima, lia-se: "Ainda que essa história seja uma fábula, é verdade que dificilmente um ano se passou na história de Madison sem que dois homens brancos tenham se afogado no Mendota".

E que fábula.

Não que isso tenha qualquer coisa a ver com o que aconteceu em Oasis Plains, mas é muito interessante para deixar passar. E o que realmente aconteceu em Oasis Plains foi tão estranho que não queríamos ter pressa para solucionar.

Era um empreendimento imobiliário como qualquer outro nos subúrbios, cheio de mansões pré-fabricadas iguaizinhas — o tipo de lugar de onde fugiríamos nem que tivéssemos que arrancar fora uma perna, caso fôssemos obrigados a morar lá. Não que a gente esteja julgando. Enquanto o local ainda estava em obras, um trabalhador da companhia de gás, chamado Dustin Burwash, caiu em um fosso. Quando o seu colega de trabalho chegou ao buraco e lhe jogou uma corda, Dustin já estava morto e seu cérebro havia se transformado em purê de batata.

O legista disse que era a doença da vaca louca, mas nós ainda estamos para conhecer um legista que saiba reconhecer vestígios de um assassinato sobrenatural. É preciso ser profissional para isso.

Então resolvemos dar uma volta pelo empreendimento e conhecemos Larry Pike, um desses visionários autoproclamados do mercado imobiliário, que estão sempre falando sobre como os seus magníficos becos e canteiros ornamentados foram erguidos em meio a descampados cheios de moitas; ou então sobre seu filho Matt. Típico adolescente reclamão, o tal do Matt, a não ser pelo fato de ter uma obsessão por insetos e aranhas. No mesmo dia, descobrimos que um dos vigias de Larry havia sido picado por abelhas e morrido um ano antes — na manhã seguinte, outro corretor de imóveis local bateu as botas durante o banho. Morto por uma picada de aranha.

Imediatamente achamos que o caso estava resolvido. Óbvio que era o Matt, certo? Ele é o protótipo perfeito para canalizar um espírito vingativo: adolescente, insatisfeito com a família, interessado em coisas que a maioria das pessoas considera estranhas.

Então descobrimos que não era tão simples assim. Na verdade, Matt vinha monitorando as populações de insetos no que restara das pradarias de Zombie Acres — ou qualquer que seja o nome do

empreendimento — e os números eram assustadores. Ele nos mostrou um exemplo, um local onde a terra estava literalmente tomada por minhocas. Estranho, com certeza, mas estranho mesmo era o que estava por baixo daquilo.

Centenas de ossos, enterrados em uma vala comunitária.

Obra de um assassino em série ou resultado de um massacre de índios: essas eram basicamente as duas opções. Assim que conseguimos encontrar Jo White Tree, em uma reserva ali perto, descobrimos qual das alternativas estava correta. Ela nos contou o seguinte:

> Duzentos anos atrás, um grupo dos meus ancestrais vivia naquele vale. Um dia a cavalaria americana apareceu com a intenção de realocá-los. Eles resistiram, deixando os cavaleiros impacientes. Nas palavras de meu avô: "Na noite em que o sol e a lua compartilham o céu como iguais", a cavalaria invadiu a nossa vila pela primeira vez. Eles assassinaram, estupraram. No dia seguinte, vieram novamente. E de novo e de novo. Na sexta noite, a cavalaria apareceu uma última vez. Quando o sol nasceu, todos os homens, mulheres e crianças que ainda estavam na vila haviam sido assassinados.
>
> Dizem que no sexto dia, em seu leito de morte, o chefe da tribo sussurrou aos céus que nenhum homem branco jamais macularia esta terra novamente. A própria natureza cuidaria de rebelar-se para proteger o vale. E iria trazer tantos dias de sofrimento e morte para o homem branco quanto a cavalaria trouxera para seu povo. E, na noite do sexto dia, ninguém sobreviveria.

A partir daí nós juntamos as peças. Dustin Burwash havia morrido no equinócio de primavera, quando "o sol e a lua compartilham o céu como iguais". O único cara que estava por ali no equinócio de primavera anterior — o azarado do vigia — também não sobreviveu.

E nós descobrimos isso no quarto dia.

Aquela foi uma longa noite. Não conseguíamos convencer Larry, o rei das mansões pré-fabricadas, a ir embora, mesmo que ele e sua família fossem os únicos a continuar ali depois do probleminha que o outro corretor teve com a aranha. Chegamos à casa de Larry junto com todos os insetos de Oklahoma. Por uma combinação de sorte e teimosia pura e simples, sobrevivemos. E ainda salvamos a família Pike.

Esse caso teve um final particularmente feliz. Larry finalmente entendeu. Da última vez em que o vimos, ele jurou que ninguém nunca mais moraria naquela terra, se dependesse dele.

Então o que acontece se você descobre uma maldição indígena e não se muda? Não é possível quebrar a maldição; tudo o que você pode fazer é sair do caminho ou tentar aguentar. No século XVIII, em Illinois, uma cidade tentou resistir. Já ouviu falar de um lugar chamado Kaskaskia? Claro que não. Eis o porquê:

A MALDIÇÃO DE KASKASKIA

Em 1735, Kaskaskia era o centro do comércio no rio Mississippi, abrigando uma grande população de colonizadores franceses. Um rico mercador de peles, chamado Bernard, era dono de uma feitoria nos arredores da cidade, e mesmo não simpatizando muito com os índios, ele os contratava como serviçais. Acontece que um desses índios havia sido educado por missionários franceses, e Bernard, contrariando seus instintos, começou a se afeiçoar ao criado. Típico comportamento francês: achar que qualquer coisa pode ser aperfeiçoada quando posta em contato com sua cultura.

O problema surgiu quando Marie, filha de Bernard — que era a menina dos olhos do pai, uma vez que a esposa já havia morrido —, começou a se afeiçoar ao índio também.

Mas o problema mesmo surgiu quando Bernard se deu conta de que o índio sentia o mesmo pela garota.

Bem, uma coisa era gostar de ter o índio por perto e trabalhando para ele, outra coisa completamente diferente era contemplar a possibilidade de ver sua princesinha corrompida pelo toque de um pele-vermelha. Bernard colocou o índio para correr e fez questão de se certificar de que ele estava na lista negra de todos na cidade. Ninguém em Kaskaskia empregaria o rapaz. Ele acabou deixando a cidade, mas não sem antes prometer a Marie que voltaria para buscá-la.

Um ano mais tarde, após Marie ter recusado a corte de vários jovens franceses da cidade, um grupo de índios passou por Kaskaskia. Disfarçado entre eles, para evitar problemas, estava o amante de Marie. Eles se reencontraram e rumaram para o norte, para longe de Kaskaskia e de Bernard.

O incidente enfureceu Bernard, que reuniu um pelotão e partiu no encalço dos dois, que acabou encontrando nas proximidades de Cahokia. Louco de raiva, Bernard ordenou que seus fiéis caçadores amarrassem o índio em um tronco e o jogassem no rio Mississippi. E eles o fizeram, sob protestos de Marie. Mas, antes de morrer, o índio lançou uma maldição.

Antes do fim daquele ano, ele disse, Bernard estaria morto e ele e Marie ficariam juntos para a eternidade. Kaskaskia e todo o seu solo seriam arruinados, suas igrejas e casas seriam destruídas e os mortos arrastados de seus túmulos.

Um ano depois, Marie faleceu. Bernard desafiou um comerciante para um duelo e bastou um tiro de pistola para que ele também morresse.

No decorrer dos cem anos que se seguiram, com a mudança de curso dos canais do rio, Kaskaskia sofreu tantos alagamentos que acabou completamente isolada de qualquer pedaço de terra firme. As pessoas começaram a abandonar a cidade, que aos poucos foi morrendo. Mas foi apenas em 1973 que a igreja e o altar foram alagados e destruídos. Muito antes disso, o cemitério havia sido varrido por uma enxurrada e todos os corpos foram parar no rio.

Ainda é possível achar Kaskaskia no mapa, mas, de acordo com o último censo, sua população era de — adivinhem?

Nove pessoas.

Nove pessoas morando em um lugar que um dia fora a capital de Illinois.

Vanir

É por isso que não devemos brincar com maldições. Devemos apenas sair do caminho.

De vez em quando encontramos uma cidade que é um pouco perfeitinha demais, se é que você nos entende. Os gramados são perfeitos, os moradores extremamente simpáticos, o gás é mais barato que em qualquer cidade num raio de trinta e poucos quilômetros. É assustador. E geralmente há um bom motivo por trás desse ar fantasmagórico. Nós ainda estamos para conhecer um lugar onde tudo está ótimo o tempo todo, sem que não haja algo de podre escondido por baixo.

Então um dia recebemos um telefonema do papai, nada demais.

Era a primeira vez que ele dava notícia em meses, depois de ter desaparecido e nos feito procurar pelo país inteiro, então a nossa reação foi mais para: PUTA MERDA, RECEBEMOS UMA LIGAÇÃO DO PAPAI! E ELE DISSE QUE ESTAVA NO ENCALÇO DO DEMÔNIO QUE MATOU A NOSSA MÃE E JÉSSICA!

E aí ele ordenou que fôssemos para Indiana. Ainda que ele estivesse na Califórnia.

Às vezes não é fácil bancar os filhos bonzinhos, mas foi o que fizemos. Em vez de nos juntarmos a ele na perseguição ao demônio, nós fomos parar em Burkittsville, Indiana, onde já fazia três anos que, durante a segunda semana de abril, um casal desaparecia. Cha-ti-ce.

Só que acabou não sendo assim tão entediante, porque descobrimos que os bons cidadãos de Burkittsville estavam abrigando um deus nórdico entre eles e, em gratidão pelos benefícios que você pode esperar desse tipo de hóspede, eles sacrificavam um homem e uma mulher todos os anos. Na segunda semana de abril.

Foi exatamente nessa época que chegamos à cidade.

Os deuses nórdicos são geralmente divididos em alguns grupos. Odin, Thor e todos os mais importantes formam o clã dos Aesir e moram em Asgard, que fica do outro lado da ponte do arco-íris. Depois, temos os Vanir, que moram num lugar chamado Vanaheim. Os Vanir são os opostos maltrapilhos dos Aesir, são os filhos selvagens, venerados por sua ligação com a natureza e por ajudarem em questões de fertilidade. Podem trazer saúde, sorte, riqueza e por aí vai — desde que recebam os sacrifícios apropriados.

Alguns dos rituais relacionados a esse tipo de coisa são bem interessantes. O historiador romano Tacitus relatou em seu livro *Germânia* um sacrifício feito para um deus Vanir chamado Nerthus:

> Numa ilha no meio do oceano existe um bosque intocado, dentro do qual, coberto por um pano, há um coche no qual só o padre pode tocar. O padre pode sentir a presença da deusa neste que é o mais sagrado dos lugares, servindo-a, pois, com a mais profunda reverência, enquanto seu coche é puxado por vacas. A isto se seguem dias de alegria e regozijo em todos os lugares que ela se digna a visitar e ficar durante algum tempo. Ninguém entra em guerra, ninguém pega em armas; todos os objetos de ferro são recolhidos e escondidos... Depois disso, o coche, as vestimentas e (acredite se quiser) a própria deusa são purificados em um lago isolado. O serviço é feito por escravos que depois são imediatamente afogados no lago.

Historiadores e arqueólogos também já desenterraram todo tipo de cadáveres de turfeiras situadas na Dinamarca e nas Ilhas Britânicas que apresentassem algum sinal de terem sido usadas como locais para rituais de sacrifício. E há ainda mais histórias. As tribos germânicas faziam um bocado de sacrifícios, e alguns deles foram documentados por Adam de Bremen, que escreveu sobre uma cerimônia em Uppsala:

> O sacrifício acontece da seguinte maneira: de cada tipo de criatura existente são oferecidas nove cabeças, e é com o sangue dessas vítimas que se costuma apaziguar os deuses. Os corpos são pendurados em um bosque próximo ao templo. O bosque é tão sagrado para os pagãos que eles consideram divina cada uma de suas árvores, por terem guardado a vítima em sua morte e putrefação. Ali também são pendurados cachorros e cavalos ao lado dos homens. Um cristão me contou que havia visto 72 corpos, de todos os tipos, pendurados ali. Mas os encantamentos que costumam ser cantados nesse tipo de sacrifício são variados e infames, por isso é melhor não dizermos nada sobre eles.

Na Suécia, até mesmo os reis podiam ser sacrificados, e pelo menos dois deles — Olof Trätälja e Domalde — de fato o foram, após anos de fome no país. Domalde teve sorte. Seus captores apenas o cortaram em pedacinhos e usaram seu sangue para regar um altar. Olof partiu de um jeito mais cruel. Seu povo o acusava de ter diminuído o número de sacrifícios; como ele não resolveu o pro-

blema de maneira rápida o suficiente, eles cercaram a sua casa e o queimaram junto com ela.

O historiador grego Strabo escreveu sobre sacrifícios humanos entre os povos de origem galesa, que costumavam pendurar prisioneiros de guerra sobre tigelas de bronze antes que padres viessem cortar suas gargantas. Os padres faziam adivinhações com base no fluxo de sangue que caía nas bacias, prevendo assim o resultado da batalha. Strabo também menciona os sacrifícios do *Wicker man*, um gigantesco boneco feito de palha e madeira que era recheado com animais selvagens (gado e humanos) antes de ser queimado. Em suas memórias das Guerras Gálicas, Júlio César descreveu o *Wicker man* como possuidor de "membros feitos de galhos e preenchidos com pessoas vivas, os quais eram incendiados para que as vítimas padecessem em meio às labaredas".

E temos ainda os astecas, que acreditavam verdadeiramente que, se não mantivessem o sangue correndo por seus altares, o mundo deixaria de existir. Basta dizer isso.

Mas não era assim que eles faziam as coisas em Burkittsville. O Vanir que estava entre eles tomou a forma de um espantalho, o que não é difícil de entender, uma vez que representações desse tipo eram comuns na Europa pagã. Dependendo da fonte que você consultar, o espantalho poderia estar substituindo um sacrifício humano feito anteriormente, no equinócio de primavera, para garantir uma boa colheita; ou então, de acordo com outras tradições, adoradores de determinados deuses ergueriam totens desses deuses nas entradas de suas cidades, com a intenção de mostrar a todos quem mandava por ali. O tempo passou e esses sacrifícios e representações se transformaram no amigável espantalho que dança de mãos dadas com Dorothy pela estrada dos tijolos amarelos.

Bem, talvez não em Burkittsville. O espantalho deles saltou prontamente de seu posto e tomou seus sacrifícios com um sabre. Nós quase sofremos as consequências por termos irritado esse *bad boy* nórdico, até que descobrimos que os Vanir são espiritualmente ligados a uma árvore sagrada — a primeira árvore plantada pelos colonizadores de Burkittsville, quando estes chegaram da Noruega. Agora sim, com uma árvore nós podemos: um pouco de gasolina, um fósforo e, de uma hora para outra, as pessoas de Burkittsville passaram a ter de enfrentar o século XXI sem a ajuda de seu sanguinário deus guardião.

A vida é difícil em qualquer lugar.

Lawrence

Nosso lar é onde está o nosso coração, certo? Bem, se você é de Lawrence, então lar também é onde estão os espíritos. Nós já estivemos em muitos lugares, e levando em conta muitas variáveis, Lawrance é um dos lugares mais mal-assombrados do mundo.

Humm, por onde começar?

Que tal o cemitério de Stull?

Os Estados Unidos estão cheios de cemitérios mal-assombrados. E não poderia ser de outro jeito. Cemitérios estão cheios de pessoas mortas e algumas delas não estavam prontas para partir. Nós já pegamos todo tipo de fantasmas e vilões sobrenaturais em inúmeros sepulcrários. Alguns cemitérios, no entanto, parecem ser — bem, digamos — mais ativos que o normal. Um deles é o Bachelor's Grove, em Chicago, lar de vários fantasmas, como uma versão da mulher de branco e vítimas de gângsteres da época da Lei Seca em Chicago. O St. Louis Cemitery N 1, em Nova Orleans, abriga mais uma mulher de branco, que também é uma caroneira fantasma. O Old York Cemitery, em York, estado do Maine, é um dos únicos onde as pessoas juram que existe um fantasma bonzinho — aparentemente uma bruxa boa, que morreu em 1774, mas que aparece de tempos em tempos para empurrar as crianças no balanço que fica ao lado do cemitério. O cemitério McConnio, no Alabama, abriga os fantasmas de soldados da Guerra Civil. Um cemitério em Justice, Illinois, é o lar da "mulher da estrada", uma das mais famosas caroneiras fantasmas do país.

E não para por aí, há muito mais. O cemitério Stull não possui apenas uma igreja mal-assombrada, mas também aparições demoníacas e fantasmas de crianças para completar. A igreja foi abandonada em 1922, perdeu o telhado há muito tempo, mas parece que a chuva não cai do lado de dentro. Há também um crucifixo que ainda está preso na entrada e que vira de cabeça para baixo quando certos visitantes se aproximam. Parece assustador?

O Eldridge Hotel, que fica no centro da cidade, foi erguido sobre uma pedra fundamental recuperada das ruínas de Lawrence após o famoso incêndio provocado por uma guerrilha do sul, em 1863, quando soldados da Confederação atacaram a cidade e chacinaram cerca de 200 homens e meninos. Não foi o pior episódio que aconteceu durante a Guerra Civil, mas foi feio o suficiente. Agora o Eldridge serve de lar para todo tipo de espírito, especialmente o quinto andar. Já ouvimos histórias sobre mudanças bruscas de temperatura, marcas de respiração nos espelhos e um grande número de aparições. Caso algum simpatizante da Confederação acabe no quarto 506, temos a sensação de que ele terá sérias dificuldades para dormir.

E então chegamos à Haskell Indian Nations University, onde todos os prédios estão zunindo de tantos espíritos de crianças indígenas que morreram ali ao longo dos anos. Não é possível pisar naquele *campus* sem que o seu medidor de campo eletromagnético comece a endoidar. A escola, fundada com a intenção de eliminar as tradições indígenas da vida dos jovens nativos e inseri-los numa cultura americana pretensiosamente "miscigenada", era famosa por sua crueldade. Há um cemitério no *campus*, onde xamãs locais tentam há anos acalmar os espíritos dos jovens. A Universidade do Kansas armazena vários esqueletos de crianças desenterradas do cemitério de Haskell, mas que não aparecem nos registros de presença ou nos certificados de óbito da universidade. Ninguém sabe quem elas são, de onde vieram e como morreram; mas quer saber? Nós temos a sensação de que não demorará muito para que elas resolvam botar a boca no trombone.

Nós nunca havíamos estado em nenhum desses lugares até alguns anos atrás. Por quê? Porque não havíamos retornado a Lawrence desde que mudamos para o Novo México, alguns meses depois de nossa mãe ter sido assassinada por um demônio. Nosso pai nunca quis voltar, e nós ainda éramos crianças. Nós o seguíamos aonde quer que ele fosse.

Até que Sam teve um sonho.

Não foi o primeiro, mas esse foi sobre Jéssica, especificamente sobre a morte dela. Ele não contou pra ninguém, tentou deixar pra lá. Até que, algumas semanas depois, o demônio a matou. Depois disso ele começou a dar mais atenção ao pesadelo.

Sam sonhou com uma mulher presa dentro de uma casa, incapaz de fugir. Diante da casa havia uma árvore. Alguma coisa naquela árvore o deixou desconfiado, como se não fosse a primeira vez que a via. E não era: a mesma árvore estava em uma foto da nossa antiga casa em Lawrence.

No dia seguinte estávamos em Lawrence, e foi assim que conhecemos Missouri Mosley, uma amiga de longa data do nosso pai. Aliás, a primeira frase em seu diário é "Fui ao encontro de Missouri e aprendi a verdade". Nós sempre achamos que ele havia ido encontrar alguém no estado do Missouri, quando na verdade existia uma pessoa com esse nome, que por acaso também era médium. Quando chegamos à casa, Missouri rapidamente diagnosticou o problema. Não havia apenas um espírito ali, mas *dois*, ambos atraídos pelo legado do ocorrido com a nossa mãe.

Como a própria Missouri disse: esse tipo de maldade deixa feridas. E às vezes elas infeccionam.

Essa infecção era um *poltergeist* — e mais alguma coisa. O quê, exatamente? Nós não sabíamos.

Todos conhecem *poltergeists*. E nós também. Já esbarramos com alguns por aí, e, para dizer a verdade, geralmente o trabalho é bem

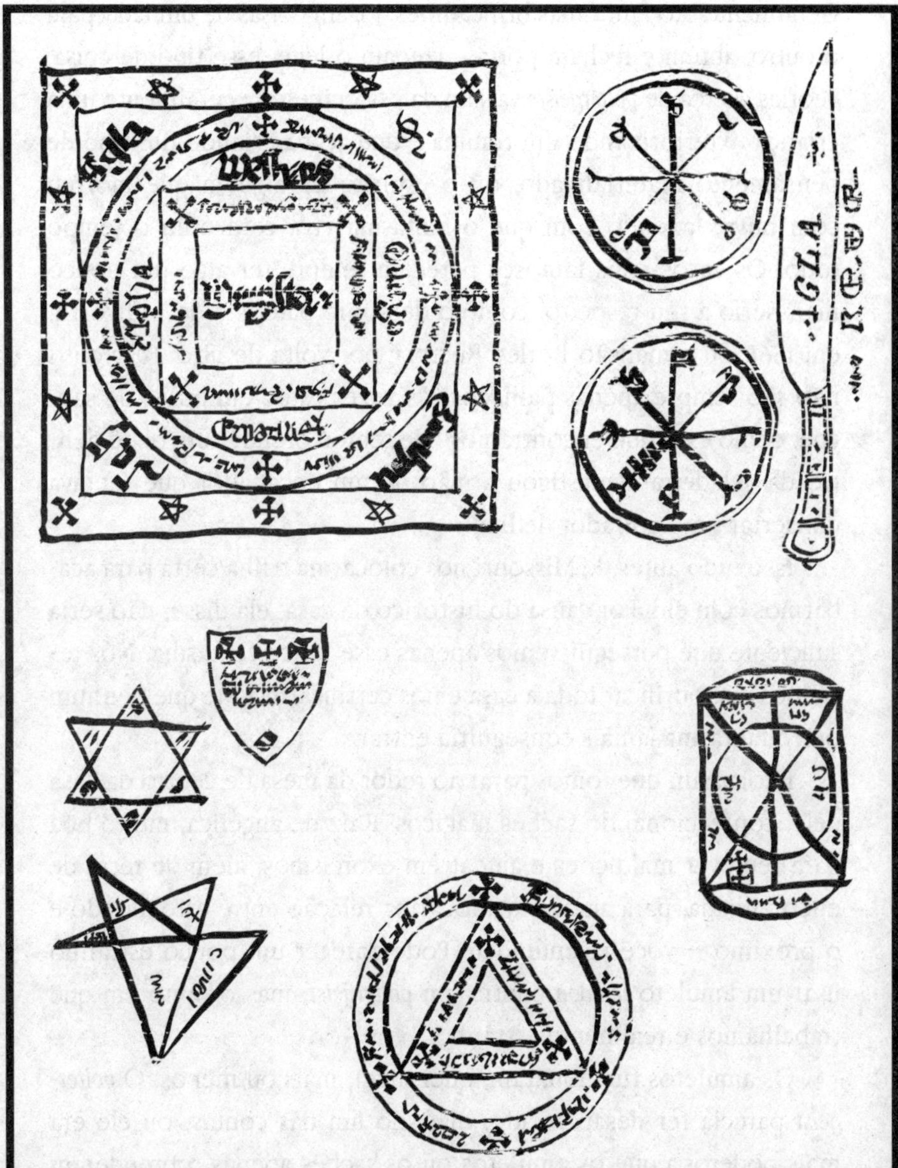
AGLA

fácil. O último do qual conseguimos nos lembrar foi na Pensilvânia, a pedido de um cara chamado Jerry, antes de voltarmos para Lawrence. Geralmente são fantasmas brincalhões: jogam coisas de um lado para o outro, abrem e fecham portas, azedam o leite, esse tipo de coisa. Teorias acerca de *poltergeists* variam da psicocinese — geralmente uma criança exteriorizando um trauma e que acaba criando um tipo de pensamento materializado, ou o espírito de alguém que morreu com raiva, fazendo com que o fantasma viva com ódio o tempo todo. Os casos mais famosos parecem sempre ter algo um pouco mais sério a seu respeito, como o demônio baterista de Tedworth, em 1661, ou a mansão Borley Rectory por volta de 1820. *Poltergeists* não são sempre apenas palhaços. Às vezes estão em busca de sangue, como esse que encontramos. Ele tentou prender um bebê dentro da geladeira e mastigou a mão de um encanador que tentava consertar um triturador de lixo.

Isso tudo antes de Missouri nos colocar na trilha certa para acabarmos com ele. Por causa do histórico da casa, ela disse, não seria suficiente que perseguíssemos apenas esse único fantasma. Nós teríamos que purificar toda a casa e nos certificarmos de que nenhum outro fantasma jamais conseguiria entrar.

E foi assim que fomos parar ao redor da mesa de centro da casa dela, confeccionando sachês mágicos. Raiz de angélica, muito boa para remover maldições e ajudar em exorcismos, além de terra de encruzilhada, para ajudá-los a focar na relação entre este mundo e o próximo — você já entendeu. Pode parecer um pouco estranho usar um amuleto *hoodoo* contra um *poltergeist*, mas o ramo em que trabalhamos é realmente estranho.

Os amuletos funcionaram, quer dizer, mais ou menos. O *poltergeist* parecia ter desaparecido, mas, no fim das contas, ou ele era mais poderoso que os amuletos ou os sachês apenas o prenderam dentro da casa. Nós conseguimos tirar a família lá de dentro, mas acabamos presos também.

E foi aí que a nossa mãe nos salvou.

Ela era o outro espírito. Ela apareceu e nos deu alguns instantes para que pudéssemos vê-la, para que soubéssemos que ela ainda estava por ali, nos vigiando.

E então ela se sacrificou para nos salvar.

Nós já vimos outros espíritos vingativos. Nós já nos livramos dos resíduos espirituais de diretores de manicômios sadistas, legendários assassinos em série, caipiras antiquados que nunca se conformaram com a integração racial — a lista é longa. Toda vez que ouvimos falar de uma estranha sucessão de mortes, é bem provável que haja algum tipo de espírito enraivecido ou inquieto por trás da história. Atentem para essa versão, que data da época dos escritos cuneiformes em pedras na Suméria, os quais registram a existência de um ser chamado Ekimmu. Se você morresse de maneira violenta, especialmente se tivesse seu corpo mutilado, você poderia se transformar num Ekimmu. Assim como a Banhsee, o Ekimmu também era um agouro de morte, e uivava durante a noite para anunciar que uma desgraça estava para acontecer. Papai copiou uma inscrição cuneiforme em seu diário, listando vários tipos de espíritos sumérios:

O perverso utukku, que assassina suas vítimas nas planícies.
O perverso Alû, que veste suas vítimas como se fossem uma peça de roupa.
Os perversos ekimmu e gallu, que amarravam os corpos de suas vítimas.
A Lamashtu e a Labasu, que causam doenças no corpo.
A Lilû, que vaga pelas planícies.
Eles vieram durante a noite atacar um homem que sofria nos campos.
Eles trouxeram uma doença dolorosa para o seu corpo.

A maldição se instalou em seu corpo.
Eles introduziram um gnomo maléfico em seu corpo.
Um veneno maldito foi introduzido em seu corpo.
Uma praga maléfica se instalou em suas partes íntimas.
Eles trouxeram para o seu corpo o mal e os problemas.
Venenos e manchas se instalaram em seu corpo.
Eles produziram o mal.
Ser maléfico, face maléfica, boca maléfica.
Feitiçaria, veneno, negreiro, maquinações perversas,
que são produzidas no corpo do homem doente.
A aflição do homem doente, o qual eles fazem gemer
como uma chaleira.

Algumas vezes os espíritos se tornam maléficos, caso morram enquanto crianças. Nós já encontramos alguns desse tipo, incluindo o garoto afogado no Lago Manitoc, em Wisconsin, e mais recentemente uma garotinha em um hotel em New England. Anos após a sua morte, os donos do hotel decidiram fechar o estabelecimento e, mi-

nha nossa, ela deixou bem claro que não queria ir embora. Três ou quatro mortes mais tarde, nós aparecemos e descobrimos algumas coisas que você não esperaria encontrar em uma cidadezinha pacata de New England.

A primeira delas foi uma série de quincúncios espalhados dentro e ao redor do hotel. Um quincúncio é um conjunto de pontos — ou de qualquer coisa na verdade — que se parece com os cinco pontos em uma das faces de um dado. Os praticantes de *hoodoo* usam o objeto para fixar um encantamento em determinados locais, através da criação de uma encruzilhada simbólica que aumenta o potencial mágico dessas localidades. Era isso que estava acontecendo ali. E o espírito da garotinha também estava se divertindo com um pouco de magia, usando sua coleção de bonecas para dar aos hóspedes do hotel — sem falar nos representantes das pessoas que queriam comprar o lugar — um fim macabro e precoce. A segunda coisa estranha que encontramos foi uma velha, escondida num canto como a velha doida de *O Morro dos Ventos Uivantes* (quem disse que nunca lemos um livro?) e que usava um colar *hoodoo*. Foi aí que começamos a juntar as peças do quebra-cabeça e nos demos conta de que a filha da dona do hotel não estava brincando quando nos disse que tinha um amigo imaginário. Acontece que a menina que morreu no hotel não aguentou ver sua coleguinha — agora a velha do colar *hoodoo* — deixá-la para trás. E aí começou a matar todo mundo que via pela frente.

Crianças, cara. Elas são complicadas. Depois de um tempo, percebemos que, assim como o garotinho afogado em Wisconsin, essa menina também não iria embora sem que um sacrifício lhe fosse oferecido. Tudo que pudemos fazer foi assistir, enquanto a velha juntava-se à sua amiga. Não foi um dos nossos trabalhos mais satisfatórios.

Em geral, espíritos infantis estão entre os mais perigosos dentre os perigosos, talvez porque exista tanto potencial em sua alma que, quando ela apodrece, apodrece mesmo. Veja a seguir outro tipo de espírito infantil que encontramos no diário do papai enquanto resolvíamos esse último caso:

MYLING. Espírito infantil escandinavo, também chamado de utburd. Em geral são as almas de crianças assassinadas, ou que morreram sem terem sido batizadas. Elas se unem a viajantes durante a noite e exigem que sejam levadas a um cemitério, para que possam descansar, mas vão ficando cada vez mais pesadas à medida que o cemitério se aproxima, até que a pessoa as que está carregando é sugada para debaixo da terra por culpa de seu peso. Essa crença deriva da prática de se abandonarem bebês indesejados ou malformados ao relento para que morram. Na maioria das vezes eles acabam assombrando o local onde foram abandonados, mas o folclore também diz que é possível sentir a sua presença na casa de quem os matou — geralmente um membro da família. Caso os seus restos mortais sejam localizados e enterrados em solo sagrado, eles desaparecem.

Aparições da morte

Nem todos os espíritos querem vingança, às vezes eles só querem justiça. Vejamos o caso de uma mulher chamada Claire Becker, que foi assassinada por seu amante, um policial corrupto de Baltimore. Nós fomos obrigados a interagir um pouco mais com o departamento de polícia local do que costumamos, basicamente porque eles achavam que nós éramos assassinos em série.

Até que uma policial de Baltimore, Diana Ballard, viu o fantasma de Claire Becker. Isso nos deu uma folga e tempo suficiente para que pudéssemos conduzir uma investigação e descobrir que o assassino de Claire era o marido de Diana.

Estranho.

Tudo se encaixou quando nos demos conta de que Claire não era um espírito vingativo — a essa altura ela já havia tido chances suficientes para acabar com todos nós. Ela era um agouro de morte, um espírito que aparece para avisar as pessoas de seus terríveis destinos — o que nesse caso significava avisar a todos os envolvidos que o cônjuge de Diana, Peter Sheridan, estava pronto para derrubá-los.

Alguns agouros de morte são silenciosos. Nem todos gritam como a nossa conhecida *banshee*. A aparição de um indivíduo pode significar a morte dessa própria pessoa. O doppelgänger, da Alemanha; o *vardogr*, da Escandinávia; o *fylgia*, da Islândia; o *Etiäinen*, da Finlândia; todos são manifestações de bilocação: fenômeno em que uma pessoa aparece em dois locais simultaneamente. Às vezes a bilocação pode ser resultado de angústia; o *Etiäinen* costuma aparecer quando um xamã ou alguém em condições extremas está tentando estabelecer contato com a pessoa com quem tem a mais intensa ligação emocional. Daí para um agouro de morte falta muito pouco. Grande parte das aparições de duplos são presságios de morte, de um jeito ou de outro. Algumas vezes a aparição aparece sofrendo as feridas da pessoa que está para morrer, mas geralmente a simples aparição já é suficiente para sinalizar que a morte está próxima.

Às vezes uma aparição surge para alertar outras pessoas, como no caso de Claire Becker. No fim das contas, recebemos o recado a tempo, e Diana acertou as contas com o comandante Sheridan antes que acabasse morrendo precocemente.

Em outros casos, espíritos são evocados, muitas vezes acidentalmente e, na maioria dos casos, por aqueles que amavam. E os espíritos só fazem aquilo que acreditam ser o desejo dessas pessoas. O problema é que eles interpretam tudo errado, e se existe uma verdade sobre espíritos, é que eles perdem qualquer julgamento moral que possuíam durante a vida. Trabalhamos em um caso muito estranho há pouco tempo. Um pastor estava causando problemas (leia-se: matando pessoas), porque no mundo dos espíritos ele não

era mais capaz de distinguir o certo do errado. Espíritos só entendem o desejo.

Então tivemos que conversar com ele; em outras palavras, fizemos uma sessão espírita.

Veja bem, quando falamos em sessão espírita, não queremos dizer esses círculos ao redor de uma mesa nos quais qualquer médium famosinho fica buscando pistas sobre o que a sua plateia está querendo ouvir. Há rituais verdadeiros, usados para contatar os mortos em quase todas as religiões, e nós aprendemos alguns deles. O que usamos para entrar em contato com o pastor morto veio de um ritual cristão primitivo. Encontramos esta versão no diário do nosso pai:

> Em uma toalha de altar gravada com os símbolos acima, posicione uma tigela com ervas recém-colhidas. Ao longo do perímetro da toalha, espalhe velas brancas e pretas, em igual número e alternadas. Depois de acender todas as velas, recite o seguinte:
>
> AMATE SPIRITUS OBSCURE, TE QUAERIMUS. TE ORAMUS, NOBISCUM COLLOQUERE, APUD NOS CIRCITA
>
> Ao fim do encantamento, jogue uma pitada de incenso, sândalo ou pó de canela sobre a chama de uma das velas.

Escolhemos esse ritual porque estávamos trabalhando num contexto cristão naquela época. Você quer vodu? Nós temos vodu também. A Winchester and Sons faz o serviço completo.

MONSTROS

Se uma coisa está morta e não é exatamente um espírito, mas também não é exatamente um demônio, então é o quê? A melhor palavra que encontramos é "monstro". Agora, que essa é uma categoria bem fluida, isso nós temos de admitir. Mas, na nossa opinião, um espírito é algo que está morto e se recusa a partir. Um demônio é algo que vive no inferno e só vem à superfície para espalhar o caos e a dor. E um morto-vivo é algo que morreu, mas se recusa a permanecer na horizontal.

Esse outro tipo de imbecil é um monstro.

A palavra "monstro" vem do latim *monstrum*, que significa — bem, significa "monstro", mas também "porteiro" ou "agouro". Mau sinal. Sua raiz, *monere*, significa "avisar". As pessoas costumavam achar que monstros eram sinais de desastre iminente. Nossa experiência não tem sido bem assim. Nós acreditamos que os monstros são o desastre em si. Não há nada de iminente em relação a eles.

O mundo está cheio de monstros; e também está cheio de pessoas fingindo que há monstros em lugares onde não há nenhum. Isso faz parte da diversão. Há monstros em lagos? Pode apostar que sim, pois já os vimos. Nós nunca fomos à Escócia, então não podemos afirmar que o monstro do Lago Ness seja real, e o mesmo serve para a Argentina e seu *Nahuelito*. Mas no que diz respeito a Champ — você já ouviu falar de Champ? Vá até o Lago Champlain qualquer dia e pergunte às pessoas. Você vai ouvir muitas histórias. Por volta de 1609, Samuel Champlain avistou o monstro, enquanto explorava o lago que mais tarde levaria seu nome. Desde então, lendas indígenas e relatos de turistas vêm afirmando, consistentemente, que há algo dentro do lago.

Gigantes e ogros? Nunca vimos.

Dragões? Dá um tempo, né?

No entanto, um criptozoologista provavelmente diria a mesma coisa sobre, digamos, um espírito do mal. Então quem somos nós pra julgar? Há mais coisas entre o céu e a terra... etc. etc. Ou, para colocar de um jeito diferente, eis o que o astrônomo Arthur Eddington disse sobre a bizarrice geral de todas as coisas: "O universo não é somente mais estranho do que imaginamos, ele também é mais estranho do que podemos imaginar."

Wendigo

As histórias sobre o *wendigo* se dividem em duas versões. Na primeira, um *wendigo* é criado quando um orgulhoso guerreiro entrega sua alma em troca de poder para destruir uma ameaça à sua tribo. Uma vez que a ameaça vai embora, ele é impelido até a selva e desaparece. Na segunda versão, ele vai lentamente perdendo suas características humanas, por obra de uma mistura de magia negra e canibalismo. Em ambos os casos, o resultado é um monstro amedrontador.

Os criptozoologistas já se valeram das lendas sobre o *wendigo* para justificar um sem-número de coisas, do Pé-grande à sobrevivência de D. B. Cooper*. E ainda que eles estejam enganados — se começarmos a reclamar de criptozoologistas não pararemos nunca mais — há sim variações na maneira

* D. B. Cooper é o nome atribuído ao homem que, em 1971, sequestrou um avião nos Estados Unidos, pedindo como resgate de 200 mil dólares e um paraquedas. Atendidas as exigências, o avião decolou novamente e Cooper saltou com o dinheiro. Ele nunca foi encontrado. (N. do T.)

como os *wendigos* aparecem. Eles não se parecem com o Pé-grande. Estão mais pra um Ieti, talvez, mas um que não tenha se alimentado de nada que não seja neve desde 1850. São esqueleticamente magros e um pouco maiores que os humanos. Em algumas áreas ao norte do país, eles não possuem algumas partes do corpo que são mais propensas a sofrerem amputações por causa do frio: dedos dos pés e pedaços do nariz e orelhas. Às vezes seus corpos são cobertos por uma emaranhada pelagem branca, enquanto outras descrições os caracterizam como sendo praticamente despelados. Os pontos em que quase todas as descrições convergem são: dentes exageradamente compridos, garras em vez de unhas e olhos brilhantes.

Geralmente sua caçada consiste em simplesmente alcançar a presa, mas às vezes usam uma abordagem diferente. E, se a nossa opinião vale de alguma coisa, essa outra abordagem é a prova de que o *wendigo* gosta de caçar. Digamos que um viajante solitário está em uma floresta e começa a ouvir coisas. Ele olha em volta, mas não chega a ver nada de realmente concreto, a não ser por alguns instantes em que ele consegue ver um vulto de relance. Depois de algum tempo, esses vislumbres vão aumentando, até que o *wendigo* solta um rugido em sua direção, para acelerar o processo. O viajante finalmente entra em pânico e começa a correr. Aí o *wendigo* dá o bote.

Eles não precisam fazer desse jeito. Os *wendigos* são mais fortes e rápidos que qualquer humano e podem matá-lo antes que você se dê conta de que eles estão no mesmo fuso horário que você. Eles fazem assim porque gostam.

E se você sobreviveu a um encontro com um *wendigo*, não vá achando que já está a salvo. Há muitas lendas que dizem que o *wendigo* pode se apossar do espírito de caçadores, trocando de corpos, talvez, quando o seu próprio corpo começar a desfalecer.

Então, como se mata um desses? A única maneira de ter certeza de que estão mortos é esquartejá-los. Mas nós, Winchesters, acreditamos que não custa nada queimá-los também.

Depois do seu primeiro encontro com um *wendigo*, papai escreveu o seguinte:

> A combinação de canibalismo e mágica desemboca em uma estrada muito, muito obscura. Eu nunca vi nada tão faminto. Cada movimento, som e respiração do wendigo está relacionado à fome. Ele é dissimulado na perseguição de sua presa, incrivelmente rápido no ataque e selvagem e voraz quando se alimenta.
>
> Eu gostaria de não saber nada sobre essa última parte, mas a gente vê cada coisa nesse trabalho.
>
> Algernon Blackwood não sabia da missa a metade.

Algernon Blackwood escreveu uma famosa história de terror chamada "O *wendigo*". Nós curtimos a história, mas também temos que concordar com o nosso pai — depois que você realmente vê um *wendigos*, a história perde um pouco da força.

Nós já liquidamos um *wendigo*, mas não foi fácil. Caçadores que não se assustam nem um pouquinho com espíritos comuns falam sobre os *wendigo* com o tipo de respeito que se deve a um perigoso adversário. Falando em caçadores, uma das lendas dessa profissão foi Jack Fiddler, um índio da tribo Cree responsável pela morte de pelo menos 14 *wendigos* — o último em 1907, quando ele já tinha 87 anos. Este fez com que ele fosse parar na cadeia, o que podemos dizer que seja, ainda hoje, um dos perigos mais comuns desse ramo de negócios escolhido pela nossa família.

Outro espírito de inverno é a *yuki-onna*, do Japão. Geralmente aparentando ser uma bela mulher, a *yuki-onna* é provavelmente o espírito de alguém que morreu por hipotermia — ainda que não saibamos exatamente o porquê de eles serem sempre femininos. Os homens não morrem congelados no Japão? Seu estilo de perseguição: ela aparece para pessoas que se perderam em meio a uma tempestade de neve. E aí das duas uma: ou ela as mata imediatamente ou as engana, prometendo abrigo, até que morram de frio. Uma variação da lenda diz que ela aparece para um parente que esteja procurando por uma criança perdida. Nessa versão, surge com uma criança nos braços. Quando o agradecido parente toma a criança de seus braços, ele congela na hora e morre. De vez em quando, sua caça assume uma conotação sexual e ela atrai homens para o que parece ser um abrigo. Aí, bem, você sabe. Ela os mata, mas não imediatamente.

Uma encarnação um pouco mais misericordiosa da *yuki-onna* fala de um garoto perdido em uma tempestade. O espírito encontra o menino, mas o poupa por causa de sua pouca idade, com a condição de que ele jamais conte a ninguém que a viu. Ele concorda, mas, anos depois, conta a história para sua esposa — que nesse mesmo instante revela-se como a própria *yuki-onna*. Mais uma vez, ela o deixa viver, já que ele era um bom pai para as crianças que eles haviam educado juntos, mas, porque ele quebrou a promessa, ela desaparece, derretendo como se fosse feita de gelo.

Metamorfos

Por onde começar? Nós já nos engalfinhamos com metamorfos duas vezes — três se você contar o *raxasa* — e nenhuma delas foi exatamente uma moleza. Especialmente a parte em que uma equipe inteira da SWAT estava na nossa cola, enquanto o caçávamos dentro de um banco cheio de reféns em pânico.

O xamã é o tipo que conhecemos melhor. Ele não se transforma em lobo, monstro ou outras criaturas. O que ele faz é matar pessoas e assumir as suas formas. E, quando o faz, precisa deixar para trás sua antiga pele. Xamãs morrem como qualquer um de nós, o problema é que não é possível ter certeza de que estamos dando fim à pessoa certa. Esse tipo de dúvida começa a ser desgastante, depois de um tempo.

A única maneira que conhecemos para identificar um xamã é através de seus olhos — eles possuem uma luminescência estranha quando vistos em câmeras de segurança ou em qualquer outro aparelho de vídeo. Achamos que eles não estão cientes disso, mas nunca é demais prevenir.

O que faz os xamãs facilmente distinguíveis é que suas estratégias são muito previsíveis, se analisadas com cuidado. Se você pudesse mudar de aparência, usaria esse poder para ficar rico? Era isso que aquele xamã estava tentando fazer no banco. Não é exatamente o que podemos chamar de ideia original, considerando as opções — muito mais malucas e muito mais divertidas — que se abrem para um indivíduo capaz de trocar de rosto com quem bem entender. Enfim, nós encontramos essa preciosidade no diário do nosso pai. O texto diz tudo:

> São Tomás de Aquino: OMNES ANGELI, BONI ET MALI, EX VIRTUTE NATURALI HABEN POTESTATEM TRANSMUTANDI CORPORA NOSTRA. Todos os anjos, bons e maus, têm o poder de transformar nossos corpos.

E em geral eles o transformam em outra criatura, mas há algumas variedades desse bicho que podem causar grandes problemas na forma humana também.

YENALDOOSHI

O primeiro e mais importante deles é o *yenaldooshi*, nativo da região dos índios Navajos e do sudoeste. Assim como alguns tipos de *wendigo* e lobisomens, o *yenaldooshi* adquire seu poder sobrenatural depois de violar um tabu cultural muito sério — assassinar um parente próximo. Os *yenaldooshi* são xamãs e necromantes que disseminam doenças através de um pó feito de cadáveres. Para os índios Navajo, que veneram o pólen, isso é um grande sacrilégio. Os *yenaldooshi* também podem confeccionar minúsculos grãos feitos de ossos. Se um desses for parar debaixo da sua pele, você

está numa grande enrascada. A maioria dos *yenaldooshi* se transforma em coiotes, mas alguns também possuem outras habilidades metamórficas.

HOMEM-URSO

No norte de Michigan, lendas dos índios Chippewa falam de homens-urso, que são, em geral, xamãs que adquiriram algum tipo de poder metamórfico — quase sempre o poder de se transformar em ursos, mas em alguns casos também em corujas. É possível identificar um homem-urso porque, quando estão indo atrás de sua presa, eles expiram fogo espectral. Qualquer pessoa que se aproxime do homem-urso nesse momento cairá paralisada no chão, a não ser que tenha um antídoto para neutralizar o efeito do fogo. Caso você possua o antídoto e consiga abraçar o homem-urso, ele volta à sua forma humana.

O homem-urso visita sua vítima quatro vezes, com intervalos de quatro dias. Nas proximidades da casa da vítima, membros da família poderão avistar uma luz se movendo entre as árvores. Depois da quarta visita, a vítima morre. Quatro dias depois do seu enterro, o homem-urso precisa visitar a sepultura e reaver alguma parte de seu corpo — geralmente um dedo e a ponta da língua — ou, depois de quatro meses, ele também morrerá.

Essa é outra maneira de identificá-los e eliminá-los, mas não gostamos nada dela. Nosso trabalho é salvar as pessoas; e definitivamente não é nada legal esperar até que você já tenha perdido um ente querido para começarmos a caçada.

Homens-urso são vulneráveis a tiros, mas é preciso ser muito macho para aguentar a mágica de um deles tempo suficiente para conseguir mirá-lo com uma arma. Na maioria dos casos, você cai e acaba estirado no acostamento, enquanto o homem-urso passa alegremente por você e segue para completar mais um feitiço. Caso você consiga acertá-lo, ele irá desaparecer e rumar para um lugar isolado para aguardar a morte. Às vezes é assim que os índios locais descobrem quem era um homem-urso: ouve-se dizer que um foi morto e logo depois alguém desaparece misteriosamente.

Vejamos um exemplo leve: às vezes o homem-urso usa seus poderes para ganhar um amor antes não correspondido. Eis aqui uma história que nosso pai ouviu por acaso quando viajava pela península norte de Michigan:

Arredores de uma vila chamada L'Anse, beira de uma estrada tomada por índios que trabalham numa serralheria não muito distante dali:

Esse foi o caso de uma mulher branca que tinha um índio trabalhando para si — um desajeitado e preguiçoso sioux. Ela o odiava tanto que, se ele estivesse à mesa, recusava-se a sentar. No entanto, ele vivia alardeando pelas docas que um dia ela seria dele. Tudo que preciso fazer, ele dizia, é ir à floresta e encontrar a raiz certa, aí vocês verão. Essa Jannie vai ser minha. Bem, todos os seus parceiros nas docas faziam pouco caso dele. Porém, pouco tempo depois, ele começou a deixar pequenos bombons sobre a mesa, e Jannie os comia quando ele não estava por perto, para que ele não soubesse. E não é que de uma hora pra outra — apenas alguns meses depois — ela se casou com ele? E aí, quando ela já estava sob seu poder, ele a tratou muito mal e quase a matou de fome. Ele também operou sua magia em um parente da moça, mas aí foi demais. Eles deram um fim no cara. E nós nunca mais o vimos por essas bandas.

Bem, talvez o exemplo não tenha sido assim tão leve. Parece que os índios de Michigan têm seus próprios caçadores. Vamos ter que dar uma passadinha por lá, qualquer dia desses, para comparar anotações. E, quem sabe, ver se não sobrou nenhum homem-urso por lá...

LESHI

O *leshi* é um espírito eslavo que habita florestas e pode aparecer na forma de qualquer animal ou planta. Uma de suas formas preferidas é um cogumelo falante, que é muito engraçado até que você descobre que o *leshi* é capaz de matar qualquer pessoa que ele considere estar desrespeitando suas matas. Às vezes ele se contenta em pregar peças (causar náusea nas pessoas e esconder machados de lenhadores), mas, quando está de mau humor, o *leshi* pode até mesmo matar uma pessoa só fazendo cócegas. Não é como gostaríamos de morrer — não que queiramos necessariamente morrer. Mas ainda assim: *cócegas*?

Outras formas comuns assumidas pelo *leshi* são uma árvore alta ou um humano com a barba feita de trepadeiras. Às vezes possui chifres, a pele coberta por cascos, e pode comandar lobos e ursos. Quando aparece na forma de um humano comum, os únicos sinais que podem entregá-lo são os olhos luminescentes e — se você conseguir desviar o olhar deles — os sapatos calçados ao contrário.

Diferentemente de outros metamorfos mágicos, este possui uma família: sua mulher, *leszachka*, e os *leshonky*, seus filhos. Todos são perigosos se sentirem que sua floresta ou eles próprios estão ameaçados. No entanto, se você conseguir despertar seu lado bom, eles protegerão seus rebanhos e a colheita. Podem até mesmo ensinar-lhe um pouco de mágica.

NAHUALES

As mitologias astecas e mexicanas anteriores à conquista espanhola estão abarrotadas de metamorfos, cada qual com o seu totem, dependendo do dia de nascimento do *nahual*. No calendário asteca, vários dias levam nomes de animais, e nós já ouvimos falar de *nahuales* que podiam se transformar em águias, jaguares, cobras, coiotes, o que você quiser. Se o animal existe no México, então é provável que haja alguém em algum lugar do país que consiga se transformar nele.

Nos mitos astecas, os *nahuales* eram servos e protetores de Tezcatlipoca, um dos principais deuses da guerra e do sacrifício. (O nome do deus significa algo como "espelho fumegante" e remete ao método asteca de adivinhação por meio de tigelas de mercúrio.) Os *nahuales* foram caçados durante e após a conquista, quando a inquisição utilizou uma arma especial para liquidá-los. E eles não são apenas metamorfos, muitas vezes são também feiticeiros e necromantes. Um dos mais famosos foi Nezahualcoyotl, "o coiote jejuante", que era o rei-filósofo de Texcoco e que, mesmo após a sua morte, em 1472, ainda era visto aconselhando Montezuma na época da conquista. De acordo com essas histórias, Nezahualcoyotl sobreviveu à conquista e apenas desapareceu para poder lutar novamente em outra época.

Nahuales não são como lobisomens, uma vez que não contaminam as pessoas com sua mordida. É mais provável que o matem. E aí, quando você estiver morto, é possível que evoquem o seu espírito e o coloquem para trabalhar a seu serviço. Bicho asqueroso!

PUCA

O *puca* possui algumas características em comum com o *each uisge* e o *kelpie* no que diz respeito às suas tentativas de convencer viajantes a montá-lo, apenas para aterrorizá-los depois. Nós nunca conseguimos entender essas histórias. Se você estivesse andando pela floresta no meio da noite e um bicho estranho aparecesse sugerindo que você subisse em sua garupa para que pudessem dar uma volta, você aceitaria? Acho que não, né? Mas aparentemente nem todo mundo pensa assim, porque pessoas continuam a ser levadas para o passeio "mais radical" de suas vidas. Ao contrário dos espíritos aquáticos, o *puca* não mata suas vítimas rapidamente. Mas essa opção também não é descartada. Podem aparecer como uma águia ou uma cabra, mas são comumente vistos como um cavalo negro de olhos amarelos e brilhantes.

Nós nos interessamos muito por histórias sobre seres sobrenaturais que têm olhos amarelos e brilhantes. Nosso pai também:

O puca parece ser um primo distante do bando selvagem. Na versão franco-canadense, o mito da chasse-galerie (a canoa fantasma) fala de um lenhador que é levado pelo Diabo para um terrível passeio em uma canoa mal-assombrada. Cavaleiros do bando selvagem recrutam pessoas aleatórias para se juntarem a eles, e alguns nunca são autorizados a deixá-los. Em muitos casos eles são alertados de que não devem ir embora antes que um determinado fato ocorra e, quando finalmente desmontam de seu cavalo, descobrem que séculos se passaram. (Típico da terra das fadas, onde o tempo não passa da mesma maneira que no resto do mundo — ver histórias sobre a Kitsune, do Japão.)

Quem sabe o puca não leva seus passageiros para viagens no tempo? Ou para o mundo subterrâneo?

Gostaria de saber mais sobre o assunto. Criaturas com esse tipo de habilidade possuem respostas; e respostas são aquilo de que eu preciso.

O *puca* pode falar e, caso seja ofendido, irá até a casa de seu ofensor e ordenará que ele o acompanhe em um passeio. Caso recuse a proposta, ele destruirá plantações e os arredores da casa. Ele também exige que alguns sacrifícios sejam feitos todos os anos. Se os grãos forem colhidos depois do *Samhain* (mais conhecido por vocês não pagãos como *halloween*, mas que originalmente era a celebração da última colheita do ano), o *puca* se irritará. Também é tradição considerar que qualquer coisa que tenha restado nos campos no dia 1 de novembro é propriedade do *puca*. Alguns fazendeiros também deixam de colher parte de sua safra como oferenda. Se todo esse protocolo for seguido, o *puca* pode aparecer no primeiro dia de novembro e oferecer profecias.

ESPOSA ANIMAL: DONZELAS-CISNE, *SELKIES* E *KITSUNES*

"Donzela-cisne" é um termo genérico que abarca todos os seres metamorfos que ora aparecem na forma animal, ora na forma de exuberantes mulheres. Na Itália é uma pomba, na Croácia, uma loba, em algumas regiões da África, uma búfala. As histórias têm pontos em comum, como o roubo das peles (ou mantos de penas) — a donzela, tendo de se casar e ter filhos com quem quer que seja que esteja de posse da pele; a redescoberta da pele quando as crianças já estão um pouco mais velhas e, por fim, o abandono das crianças. Algumas vezes o marido vai atrás da esposa e, sempre depois de muitas dificuldades, consegue trazê-la de volta. Mas às vezes ele desaparece para sempre.

Onde quer que haja focas, há histórias sobre *selkies*, e todas seguem o mesmo padrão. O *selkie*, caso seja do sexo feminino, toma forma humana para arranjar um amante. No entanto, ela deve proteger sua pele de foca, ou não poderá reverter a transformação. Caso o amante humano descubra a pele e a esconda da *selkie*, ela ficará sob seu poder. Contudo, por mais que ame esse homem, uma *selkie* sempre vai amar o oceano, e voltará imediatamente para ele, se encontrar a pele escondida. Em muitas histórias, a *selkie* engravida, e é justamente um de seus filhos que acha a sua pele. Em geral, as *selkies* não mantêm contato com seus ex-amantes depois que retornam ao mar, mas podem, sim, encontrar seus filhos e manter contato com eles.

Tudo muito trágico, não é? Bem, deixa a gente contar uma história. Estávamos passando o verão em Maine quando histórias começaram a circular, falando sobre dois pescadores que haviam sido atacados e mortos — por focas. Nosso pai, sendo quem era, começou a investigar e, como também já estávamos cansados de catar conchinhas e jogar fliperama, resolvemos ajudar. No fim das contas, descobrimos que um local não só havia tomado uma *selkie* como esposa, mas que ele também a havia passado adiante em sua família. Ela estava em terra firme havia mais de cem anos, sempre contemplando o oceano e desejando voltar para casa.

No curso desses cem anos, 17 outros homens dessa família haviam desaparecido no mar. Os moradores da cidade falavam em maldição, mas não sabiam da missa a metade. Nós entendemos tudo quando vimos fotos da *selkie* tiradas em quatro datas distintas: 1903, 1929, 1960 e, por fim, 1993. Cada uma delas em uma cidade e com um marido diferente, mas sempre com as mesmas belas feições. A situação ficou crítica quando o atual marido resolveu caçar focas com alguns amigos. Foi exatamente aí que aparecemos, tendo de antemão achado a pele da *selkie*, e conseguimos fazer com que selassem um acordo. A *selkie* pôde finalmente voltar para casa, e seu povo concordou em cessar a guerra contra os homens daquela família.

Mas não sabemos como essa história realmente vai terminar, porque esse tipo de ressentimento é muito profundo, e também porque outra coisa que as *selkies* gostam de fazer de vez em quando é trocar bebês humanos por bebês *selkies* em cidades à beira-mar. Eles escondem a criança humana não sei como, e quando a criança *selkie* atinge uma determinada idade, puft!, transforma-se em uma foca e nunca mais é vista.

E aí chegamos à *kitsune*, um espírito japonês na forma de raposa que pode atuar como amante, vigarista ou como um súcubo*, dependendo da história. As *kitsunes* podem assumir formas humanas, mas costumam ter problemas para esconder sua cauda, o que pode complicar o tipo de ilusão necessária para capturar um humano (bem, grande parte dos humanos). Algumas *kitsunes* se alimentam da força vital dos homens que seduzem, enquanto outras acabam se casando e se aquietando. A *kitsune* pode ser uma esposa dedicada, mas os casamentos estão sempre fadados ao fracasso, já que, cedo ou tarde — você achou certo —, o maridão descobre a cauda. Aí a *kitsune* é obrigada a partir, ou, em outras versões, o homem desperta do encanto longe de casa e fadado a ter uma conversa bem interessante com a família humana que abandonou.

As habilidades mágicas de uma *kitsune* (e vocês podem culpar o Dean por isso; ele não consegue se segurar), assim como seu comportamento traiçoeiro, significam que elas são excelentes vigaristas. Dentre os seus alvos favoritos estão homens excessivamente vaido-

* Demônio que suga a energia sexual de homens. (N. do R.)

sos, do tipo ganancioso ou ostentador. Mas esse lado brincalhão pode se tornar macabro, e as *kitsunes* também são conhecidas por pregar peças cruéis em pessoas que não mereciam de forma alguma tal coisa. As mais poderosas possuem poderes mágicos realmente incríveis, incluindo a habilidade de manipular o tempo e o espaço (como no caso que mencionamos há pouco sobre o pobre marido que descobre a cauda).

Então, como controlar um espírito que pode mudar de forma, aparecer em sonhos e que tem a realidade na palma da mão? Bem, algumas *kitsunes* estão constantemente vigiando um *hoshi no tama*, ou "esfera estelar". Assim como no caso da pele das *selkies*, se você confiscar a esfera estelar de uma *kitsune*, poderá forçá-la a fazer o que você quiser. O problema é que não sabemos exatamente o que é uma esfera estelar ou que tipo de coisa ela pode fazer. Se algum dia esbarrarmos com uma *kitsune*, contamos pra você.

LICANTROPIA

Qualquer região ou país que seja habitado por lobos parece ser habitado também por lobisomens. E também por homens-urso, homens-coruja, homens-qualquer-coisa. A quantidade de lendas acerca dessas coisas é tão grande que fica até difícil encontrar um jeito de lidar com elas — a não ser pelo bom e velho método da tentativa e erro.

Lendas medievais sobre lobisomens geralmente associavam a licantropia à feitiçaria e ao uso de peles ou cintos mágicos. Papai fez uma anotação sobre o livro de Richard Verstegan chamado *Restituição da Inteligência Deteriorada (A Restitution for Decayed Intelligence)*, de 1628:

Verstegan diz que lobisomens "são feiticeiros que, tendo untado seus corpos com uma pomada feita sob orientação do Diabo e, tendo vestido um cinto encantado, parecem lobos, mas também diante de suas próprias consciências possuem a forma e o comportamento desses animais, enquanto usarem o referido cinto. E eles de fato se comportam como lobos, trazendo preocupação e morte, principalmente entre os humanos." Verstegan sugere que o lobisomem não tem consciência de seus atos quando está transformado, que ele "não pensa por si". Outros relatos, que não o de Verstegan, associam isso à crença de que lobisomens só se transformam quando estão dormindo.

Mais tarde, a lenda de que a transformação se dava pelo cinto foi substituída pela ideia de que os lobisomens se transformam sem a ajuda de artefatos e, em geral, durante a lua cheia. Mas essa não é uma invenção recente; o escritor romano Petrônio, em seu livro intitulado *Satyricon*, menciona a seguinte história de um homem que se transformava em lobo na lua cheia — então a ideia já estava por aí, pelo menos desde essa época:

Meu mestre havia ido a Capua para vender algumas roupas velhas. Eu aproveitei a oportunidade e convenci nosso convidado de me fazer companhia em uma caminhada de mais ou menos oito quilômetros para além da fronteira da cidade, uma vez que, além de soldado, ele também era corajoso até a morte. Partimos ao cantar do galo, a lua brilhando como se fosse dia, e foi aí que, quando passávamos por algumas lápides, meu acompanhante começou a conversar com as estrelas, enquanto eu o acompanhava, cantarolando e contando as estrelas. Pouco depois olhei para trás, procurando-o, e o vi despindo suas roupas e colocando-as no acostamento da estrada. Em meio segundo eu já estava com o coração na boca, petrificado como um cadáver. E num estalo ele se transformou em um lobo. Não pense que estou brincando: eu não lhe contaria uma mentira nem por todo o dinheiro do mundo.

Continuando: depois de se transformar em lobo, ele uivou e rumou direto para a floresta. A princípio, fiquei tão confuso que perdi o chão, mas finalmente me recuperei e fui recolher suas roupas. Elas se haviam transformado em pedra. O suor agora pingava de mim; nunca imaginei que fosse superar essa história. Melissa começou a questionar por que eu havia chegado tão tarde. "Se tivesse chegado antes," ela disse, "você poderia pelo menos ter nos ajudado, porque um lobo invadiu a fazenda e estraçalhou todo o nosso gado. Mas, mesmo que tenha fugido, não foi motivo de comemoração para ele, porque um de nossos servos acertou-o com uma lança." Após ouvir esse relato, não consegui dormir e, assim que amanheceu, corri para casa como um mascate que se perdeu de seu bando. Chegando ao local onde suas roupas haviam se transformado em pedra, encontrei apenas uma poça de sangue e, quando cheguei em casa, achei meu soldado acamado, enquanto um cirurgião fazia curativos em seu pescoço. Percebi naquele instante que aquele era o homem que podia trocar de pele e, depois daquilo, nunca mais me sentei à mesa com ele. Não, nem morto. Aqueles que por acaso tiverem uma visão diferente do caso estão mais do que convidados a expressá-la. Se eu lhes contar uma mentira, que os seus gênios me desmintam.

Assim como Verstegan, as lendas russas costumam narrar as transformações dos lobisomens como algo voluntário e ligado à magia. Aqui vai um feitiçozinho interessante, caso um dia você queira experimentar:

Aquele que desejar transformar-se em um OBOROT, que procure na floresta por uma árvore caída e apunhale-a com uma faca de cobre, caminhando ao redor da mesma e repetindo o seguinte feitiço:

No mar, no oceano, na ilha, em Bujan,
Sob o pasto vazio brilha a lua, sob o cepo
apoiado num tronco verde, em um vale sombrio.
Na direção do cepo vagueia um lobo desgrenhado,
Procura o gado chifrudo para saciar suas presas brancas;
Mas o lobo não entra na floresta,
Mas o lobo não mergulha no vale cinzento,
Ó Lua, lua dos chifres dourados,
Restrinja o voo das balas, cegue as facas dos caçadores,
Quebre os cajados dos pastores,
Espalhe o medo selvagem entre o gado,
Entre os homens e todas as criaturas rastejantes,
Que eles nunca capturarão o lobo cinzento,

Que eles nunca arrancarão sua pele morna,
Minha palavra é fidedigna, mais fidedigna que o sono,
Mais fidedigna que a promessa de um herói!
Então, salta três vezes sobre a árvore e corre para a floresta, transformado num lobo.

No Novo Mundo, as lendas sobre lobisomens são mais centradas no isolamento e na rejeição que sofrem por parte dos humanos e, em geral, envolvem insinuações de que as pessoas que se transformam em lobisomens estavam metidas em histórias repugnantes. Mas isso também não ocorre apenas nas Américas; o folclore da Armênia fala de mulheres que, por terem cometido algum pecado mortal, são assoladas por visitas de espíritos que as forçam a se transformar em lobos e matar crianças. Um exemplo ocidental disso é a lenda franco-canadense do licantropo, que possui variações por toda a América do Norte. Diz-se que o monstro se cria quando alguém recusa os sacramentos durante um grande período de tempo. O licantropo vem da França — *dãã* —, um dos países europeus com maior tradição em termos de lobisomens. Registros da corte francesa estão cheios de julgamentos de lobisomens, isso sem contar o caso da besta de Gévaudan, que matou mais de 80 pessoas por volta de 1760.

Lendas sobre o licantropo no período pré-colonial em Illinois dizem que, após a primeira transformação, ele está condenado a se transformar por mais 101 noites, seguidas de dias de melancolia e doença. A única maneira de escapar cedo da sentença era conseguir que alguém tirasse sangue do licantropo. Nesse caso, nenhuma das partes envolvidas poderia mencionar o assunto até que os 101 dias tivessem passado. Há ainda uma versão cajun da lenda, na qual a criatura é chamada de *rougarou*, mora em córregos e pode se transformar num tipo de homem-crocodilo. Assim como o licantropo, o *rougarou* também costuma ser um homem transformado por culpa da rejeição da sociedade, especialmente por causa de crenças religiosas.

Lobisomens evitam plantas do gênero aconitum — conhecidas na cultura popular por repelirem lobisomens — além de artefatos religiosos e prata. Apunhalar ou cortar um lobisomem com uma faca de prata pode forçá-lo a voltar à forma humana. A lenda da bala de prata provavelmente é verdadeira, mas nem todos os caçadores acreditam. Eu estava na casa da Ellen não faz muito tempo e ouvi três caçadores reclamando que ou suas balas de prata estavam com algum problema, ou alguns lobisomens simplesmente não eram afetados por elas.

É possível que a licantropia tenha cura. De acordo com algumas tradições, ao matar um lobisomem você acaba com a maldição sobre todos aqueles que ele havia mordido — é mais ou menos como interromper uma árvore genealógica.

A única vez que testamos a teoria, ela não funcionou. O lobisomem em questão era uma recepcionista chamada Madison Owens. Ótima pessoa, mas resolveu andar pela parte errada da cidade numa noite de lua cheia e acabou sendo assaltada. O que ela não sabia era que o assaltante era um lobisomem, e ele conseguiu arrancar um pedaço de seu pescoço. No ciclo lunar seguinte, ela começou a se transformar. E o pior de tudo era que ela não fazia a menor ideia. Sua transformação se completou enquanto dormia e, ao acordar, não se lembrava de ter vagado pelas ruas na forma de lobo, dilacerando o coração de qualquer pessoa que seu instinto animal registrasse como uma ameaça.

Fizemos o melhor que podíamos. Dean caçou o lobisomem que a havia mordido, atirou uma bala de prata em seu coração, mas não funcionou. A essa altura, muita coisa já tinha acontecido entre Sam e Madison. Eles já estavam envolvidos. Ele estava preparado para fazer o que fosse preciso para salvá-la. Infelizmente, não havia nada que pudesse ser feito. Pelo menos nada que tenhamos conseguido descobrir. Nós destrinchamos todas as fontes, pedimos ajuda a todos os caçadores que conhecíamos. Mas parece que uma vez transformado em lobisomem, não há cura.

Ainda assim, tal lenda sobre cortar a árvore genealógica ficou realmente impregnada. Ela vive reaparecendo. Achamos que sua origem está na ideia — difundida na Europa antiga — de que se você matar o vampiro-pai de uma infestação em particular, todos os outros dessa linhagem morrerão (bem, morrerão novamente) também.

Mas aí, claro, teríamos que começar a perseguir todos os outros metamorfos perigosos desse mundo. *Hamrammr, boudas, aswang, bruxsa, ilimu, kanima* — o próximo é você.

Tulpas e outros seres criados pela imaginação

Dizem que se um grande número de pessoas acredita em algo, então é verdade. Bem, os políticos também dizem isso. Nós, que tentamos trabalhar no mundo real e tratar de coisas reais, não estamos muito convencidos disso, mas temos de admitir que é possível criar algo se acreditarmos com toda a nossa força. Na tradição mística tibetana, lamas muito avançados e leigos com dons inatos podem dar forma aos seus pensamentos, uma forma física de existência. São as chamadas *tulpas*, e são muito complicadas de lidar.

Uma *tulpa* é, pura e simplesmente, uma entidade criada por alguém que a imaginou. Quando nós éramos crianças, nunca tivemos amigos imaginários, uma vez que o mundo real já era suficientemente estranho, e nós não queríamos fazê-lo parecer ainda mais bizarro. No entanto — alerta de ironia —, a maioria das crianças não é como nós, e de vez em quando esse processo de criação de um amiguinho imaginário vai um pouco além do que deveria.

Não são só os tibetanos que acreditam nisso. Encontramos essas duas anotações escritas lado a lado no diário do papai e nunca tivemos muita certeza do que significavam, até que nos deparamos com uma *tulpa*:

"Uma grande força de vontade é o início de qualquer atividade mágica . . . somente porque os homens não imaginam corretamente o resultado e nem acreditam totalmente nele é que a mágica é uma arte imprecisa, ainda que eles (os homens) tenham certeza de que estão certos."

— Paracelso

"Tudo é possível ao que crê."

— Marcos 9:23

Depois desse trecho, papai anotou algumas de suas ideias acerca de *tulpas*. Formas-pensamento são centrais para a maioria das práticas mágicas. Há uma em particular, conhecida como necromancia *eidolonica*, que se dedica quase que inteiramente à criação de formas-pensamento através da visualização magicamente intensificada de alguns espíritos. Helena Blavatsky e outros teosofistas — os quais, diga-se de passagem, eram um bando de malucos que por acaso tropeçaram em alguns fatos verdadeiros; até porque, como Bobby Singer nos disse uma vez, até um cachorro cego encontra um pedaço de bife de vez em quando — acreditavam que haviam conseguido criar formas-pensamento de todos os tipos de entidades astrais. A escola Crowley de práticas ocultas está cheia de exemplos de seres criados pelo pensamento. Sobre a *tulpa*, especificamente, papai escreveu:

A tulpa é criada por um intenso processo de visualização conhecido como Dubthab. A variação conhecida como Dragpoi Dubthab é especificamente direcionada para a criação de uma forma-pensamento com a intenção de fazer mal a outra pessoa. A forma física da tulpa se torna aparente aos sentidos depois que a mente passa a sentir a sua presença espiritual. Uma tulpa criada dessa maneira irá, não importa a intenção de seu criador, voltar-se contra aquele que a criou.

Nós já pensamos muito sobre a questão do *poltergeist* ser ou não um tipo de *tulpa*. Ainda não temos certeza. Em geral, *poltergeists* são criados quando crianças traumatizadas externam seus traumas; então nos parece que o resultado disso seria uma forma-pensamento. Mas às vezes outros espíritos se comportam como *poltergeists*, então é difícil apontar a diferença. O que sabemos mesmo é que a *tulpa* não se conecta a nada, como faz o espírito. Não há ossos para queimar ou objetos mal-assombrados para destruir.

No caso da *tulpa* com a qual lidamos, um cara chamado Mordechai Murdock, descobrimos que ele havia sido criado, de certa maneira, pela internet. Alguns energúmenos de Richardson, no Texas, inventaram uma história sobre uma casa mal-assombrada/espírito assassino, e algumas pessoas desesperadas para acreditar em algo compraram a história e fizeram uma página na internet sobre o assunto. Muitas pessoas acreditaram e — *voilà!* — o assassino de mentirinha tornou-se real. Quando descobrimos, voltamos até a casa e olhamos de perto algumas das pichações que cobriam os muros, até acharmos um símbolo espírita tibetano usado na tradição mística para focalizar o pensamento e a crença. Foi assim que descobrimos a nossa *tulpa*. Então decidimos que, se destruíssemos o sinal, talvez conseguíssemos pegar a *tulpa*.

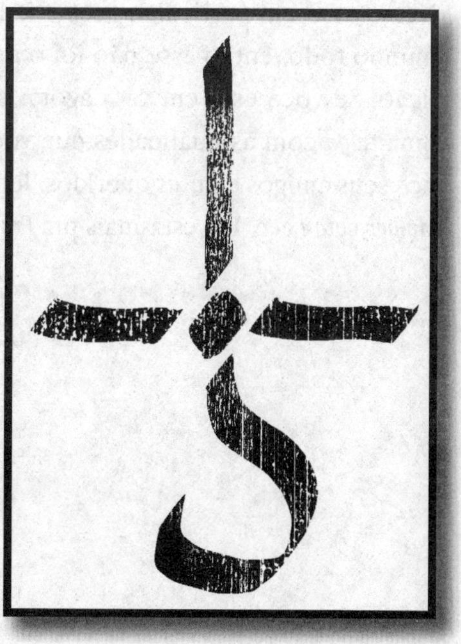

Não tivemos essa sorte. Uma vez criadas, as *tulpas* ganham vida própria. Mas o que pensamos foi que, já que a *tulpa* é produto de muita concentração e força de vontade, se você alterar a crença de seu criador (nesse caso criadores), vai alterar também a *tulpa*. Então espalhamos uma fofoca bem *nerd* dizendo que Mordechai havia se matado com um tiro na vida real e que, portanto, morria de medo de armas de fogo. Logo, uma bala de prata consagrada o mataria. Quase funcionou — de qualquer forma, ao menos as balas o desnortearam por alguns instantes —, mas aí o servidor caiu e junto com ele as crenças de todos naquela parte da história de Mordechai.

O que fizemos, então? Apelamos para a tradição. Tacamos fogo no maldito lugar e todos os planos dele acabaram em desastre.

Uma vez que a *tulpa* ganha forma física, ela começa a agir como um adolescente rebelde. Frequentemente, ela tenta se desgarrar do controle de seu criador, e aí você pode adivinhar como isso acaba. Nesse caso em particular, seus criadores estavam espalhados pelo mundo todo, então esse não foi o problema, mas guarde bem essa lição. Se você está em casa agora, pensando seriamente em criar uma *tulpa* com as qualidades que você considera estarem faltando nos seus amigos e entes queridos, lembre-se: a vida não é como em *Mulher nota 1.000*. Ela está mais pra *Frankenstein*.

Homúnculos

Do misticismo tibetano para a alquimia europeia — quem disse que a nossa educação não foi exemplar? O primeiro uso da palavra homúnculo ocorreu nos escritos do alquimista Paracelso, que alegou ter criado um humanoide de 30 cm de altura, parecido com um *golem*, mas não tão grande. Após alguns dias, o homúnculo o atacou e fugiu, desparecendo para sempre.

Esse é um dos problemas com homúnculos: eles não param quietos. Às vezes, quando forçados a ficar em um só local por meio de aprisionamento, eles simplesmente morrem. Outro tipo de homúnculo passa a vida toda dentro de uma jarra e morre, se retirado de lá, como acontece nessa historinha bizarra tirada do diário do nosso pai:

Quem contou essa história foi o próprio Emil Besetsny, que publicou um livro em 1873 sobre os homúnculos criados por John Ferdinand, conde de Kueffstein (se não existisse um lugar chamado Kueffstein, alguém teria que inventá-lo), por volta de 1775. Ao que parece, Besetsny usou como fonte alguns manuscritos maçônicos e o diário do mordomo do conde, que atendia por Kammener. O alquimista que colaborava com o conde era um monge da rosa-cruz chamado Abbé Geloni:

> As jarras eram fechadas com bexiga de boi e com um selo mágico (a Chave de Salomão?). Os espíritos nadavam dentro dessas jarras e não mediam mais que um palmo. . . Eles eram então enterrados debaixo de quilos de esterco e regados todos os dias com um tipo de licor, preparado com muita dificuldade pelos dois adeptos da crença e feito com "materiais altamente repugnantes"... Depois que as jarras eram resgatadas, os "espíritos" já estavam medindo mais de um palmo e meio, e quase não cabiam mais dentro delas. Além disso, os homúnculos do sexo masculino haviam crescido consideravelmente e tinham desenvolvido barbas e as unhas de suas mãos e pés... No entanto, na jarra do espírito vermelho e na jarra do espírito azul, não se via nada além de "água límpida"; mas, sempre que o Abbé dava três batidinhas no selo que fechava as jarras e declamava algumas palavras em hebraico, a água começava a ficar azul (e vermelha, respectivamente), e os espíritos mostravam suas caras, muito pequeninas de início, mas crescendo em proporções até atingir o tama-

nho de um rosto humano comum. O rosto do espírito azul era belo como o de um anjo, mas o vermelho possuía feições horrendas.

Uma vez por semana a água precisava ser trocada e as jarras eram reabastecidas com água da chuva. Esse processo tinha de ser feito muito rapidamente, uma vez que nos breves instantes em que os espíritos eram expostos ao ar, eles fechavam os olhos, parecendo fracos e inconscientes, como se estivessem prestes a morrer. Mas o espírito azul nunca era alimentado, nem tinha sua água trocada, enquanto o vermelho recebia toda semana um dedal de sangue fresco de algum animal (galinha), e esse sangue desaparecia na água assim que era despejado...

Os espíritos forneciam profecias sobre eventos futuros, e geralmente acertavam. Eles sabiam as coisas mais secretas, mas cada um deles estava familiarizado apenas com os assuntos relacionados à sua posição. Por exemplo: o rei falava de política, o monge de religião, o mineiro sobre minerais etc.; mas tanto o espírito azul quanto o vermelho pareciam saber tudo.

Por acidente, um dia a jarra contendo o monge caiu no chão e quebrou. O pobre morreu após algumas dolorosas respirações, a despeito de todos os esforços por parte do conde para salvá-lo, e seu corpo foi enterrado no jardim. O conde tentou gerar um novo homúnculo sem a ajuda de Abbé, que havia partido, mas não obteve sucesso, produzindo apenas uma pequena criatura que mais parecia uma sanguessuga, sem vitalidade alguma, e que morreu pouco tempo depois.

Interessado em produzir um homúnculo? Várias receitas já surgiram ao longo do tempo. Paracelso usava a mais simples. Coloque em uma sacola os ossos, o esperma, fragmentos da pele e do pelo do animal com o qual você quer que o homúnculo se pareça. Enterre e cubra com esterco. Remova depois de 40 dias. Você terá um embrião de homúnculo. Depois disso é só alimentá-lo, geralmente mantendo um estoque de esterco por perto. Não soa apetitoso?

Outras receitas envolvem a adição de raiz de mandrágora — um poderoso intensificador de magia, e que, segundo a crença popular, só cresce em solo onde ocorreram enforcamentos. A raiz deve ser colhida por um cão negro (e aí está o cão negro de novo) e preparada numa infusão com leite, mel e sangue. Isso vai fazer com que o homúnculo criado proteja seu criador. Outras versões falam em incubar homúnculos em ovos de galinha, substituindo a clara por um ou mais ingredientes citados nas outras receitas.

Resumindo? Não recomendamos que você crie um homúnculo.

Golem

Nós achamos que nunca vamos encontrar um *golem*, porque você tem que ser muito, digamos... sagrado para criar um. E nós não esbarramos com muitas pessoas assim. Mas, já que estamos falando de homúnculos, o conhecimento acerca do *golem* também merece ser mencionado.

Não é possível identificar a "primeira" história sobre o *golem*. De acordo com o Talmude, Adão foi criado do pó e moldado no formato de um homem; então, por essa perspectiva, todos os humanos são *golems* ou descendem deles. No entanto, com o passar do tempo, apenas os rabinos mais sábios e puros arriscavam criar *golems*.

Papai fez algumas anotações sobre *golems*, enquanto pesquisava sobre homúnculos e alquimia:

A maioria dos golems não sabe falar. A ideia é que, se pudessem fazê-lo, teriam alma, e uma criatura imperfeita (gerada pelo homem e não por Deus) teria uma alma imperfeita e seria, portanto, perigosa.
Do Sinédrio* 65b.

Disse o rabi: se assim desejarem, os tzadikkim podem criar um mundo. Rava criou um homem

---

* O *Sanhedrin* ou Sinédrio é o nome dado à assembleia de 23 juízes que a lei judaica ordena existir em cada cidade. O Grande Sinédrio, ao qual se refere o texto, foi uma assembleia de juízes judeus que constituía a corte e o legislativo supremos na antiga Israel. (N. do T.)

e o enviou para Rabi Zeira. Rabi Zeira tentou conversar com o homem, mas ele não respondeu. Rabi Zeira então disse: "Você que foi criado por meu amigo, retorne ao pó". Rabi Chanina e Rabi Oshiah sentavam todas as sextas-feiras para estudar o Sêfer Yetziráh e criar um bezerro que já nascia com um terço de seu tamanho máximo. Depois eles o comiam.

Eleazar Rokeach (conhecido também como Eleazar das Minhocas) menciona golems em suas anotações no Sêfer Yetziráh:

Quem quer que estude o Sêfer Yetziráh deve se purificar e usar vestes brancas. É obrigatório o estudo em duplas ou trios, nunca sozinho, como está escrito. . . e os seres que eles criam em Harã (Gênesis 12:5), como está escrito, é melhor que sejam dois, não um (Eclesiastes 4:9), e não é bom que o homem fique sozinho. Eu criarei um ajudante apropriado para ele (Gênesis 2:18). É por essa razão que a escritura começa com "bet", ou seja, "Bereshit bara," que significa "Ele criou".

É preciso que ele encontre um local de solo virgem, que nunca tenha sido arado, nas montanhas. Deve adubar o solo com água corrente, fazer um corpo e começar a permutar os membros de acordo com o alfabeto hebraico, cada membro correspondendo à letra mencionada no Sêfer Yetziráh. Os alef-bets devem ser permutados primeiro, e depois ele deve incluir as vogais — alef, bet, gimel, dalet — e sempre a letra do nome divino com elas, e todo o alef-bet... depois ele deve apontar qual membro é o "bet", e qual é o "gimel", e assim sucessivamente com todos os membros. Ele deve fazer isto quando estiver puro. E esses são os 221 portais.

Para controlar o golem, seu criador escreve um dos nomes de Deus em sua testa, ou em uma pequena tábua, debaixo de sua língua. Esse nome pode ser apagado depois. Ou o criador pode escrever a palavra EMET (אמת, "verdade") na testa do golem. Ao apagar a primeira letra de EMET, formando MET (מת, "morto"), o criador pode destruir o golem. De acordo com a kabbalah, um golem nunca desobedecerá seu criador.

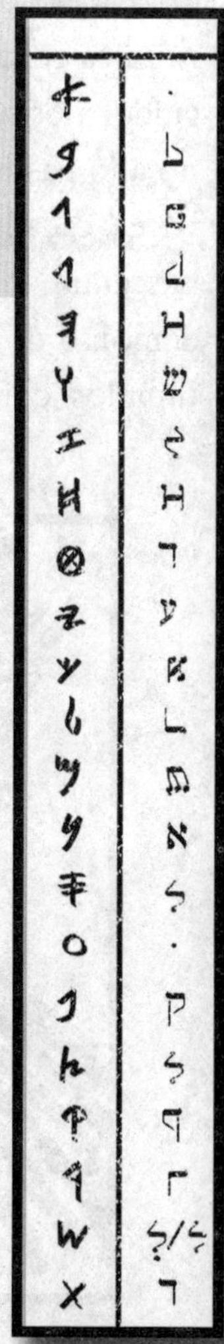

Histórias mais recentes não são tão precisas. A mais famosa, "O *golem* de Praga", conta a história do rabino Judah Loew, que criou um *golem* para defender um gueto judeu, situado em Praga, de um *pogrom*. O *golem* desempenhou seu trabalho tão bem, matando inúmeros soldados e dando um baita susto nos outros, que o rabino achou por bem destruí-lo, depois de conseguir uma promessa de que os judeus de Praga estariam a salvo. Dizem que o *golem* está guardado no sótão de uma sinagoga em Praga, pronto para ser reanimado assim que for necessário.

Em outras histórias, o *golem* é perigoso, pode possuir poderes mágicos, como a invisibilidade, o poder de atear fogo através do toque e o poder de evocar espíritos.

Raxasa

A única coisa que sabíamos sobre *raxasas* era que Kolchak, o perseguidor noturno, já havia esbarrado com um até encontrarmos um no ano passado. Graças a Helen, que detalhou os acontecimentos, vocês, caçadores, poderão entender o que eu estou falando. *Raxasas* nasceram de um mito hindu, no qual aparecem como um tipo de demônio do caos. Eles atrapalham rituais de sacrifício, desonram túmulos, comem pessoas. Além disso, podem mudar de forma, em

geral assumindo a forma humana ou de uma grande ave. Isso sem falar no poder de invisibilidade. Ah, e a habilidade de reanimar os mortos também.

O *raxasa* que encontramos estava seguindo o circuito de carnaval ao longo da costa, trabalhando como atirador de facas, aqueles que trabalham vendados. Ele ficava na dele a maior parte do tempo, só que, mais ou menos uma vez a cada geração, assumia a forma de palhaço para convencer criancinhas a deixá-lo entrar em suas casas.

Então ele matava e comia os pais, deixando para trás uma criança seriamente traumatizada. Você pode imaginar como ficamos ainda mais ansiosos do que de costume para pegá-lo, quando investigamos e descobrimos todas as safadezas que ele andava aprontando. Um *raxasa* pode ser morto com uma faca feita de bronze puro. . . isso se você conseguir encontrá-lo. Já mencionamos a invisibilidade?

GHOULS, MORTOS-VIVOS ETC.

Os mortos gostam de perambular por cemitérios, mas convenhamos, todo mundo tem que tomar um ar fresco de vez em quando, o que significa que às vezes temos que lidar com vários zumbis, *ghouls* e vampiros causando problemas pelo mundo dos vivos. A diferença entre um espírito e um zumbi é que este último vagueia por aí no mesmo corpo que habitava quando ainda estava vivo. Caso o espírito seja muito, muito mau, é possível que ele consiga reconstituir seu corpo usando ectoplasma, mas apenas um zumbi pode reanimar a peça original. E essa diferença provavelmente só é importante pra nós.

O folclore acerca de mortos-vivos é abundante, assim como relatos de historiadores, da época em que se podia falar sobre esse tipo de coisa sem que todos em volta chamassem os paramédicos pra te internar. Nós já lemos quase todas as histórias escritas sobre zumbis, então aqui vai uma pequena cartilha da história dos mortos que simplesmente se recusam a permanecer mortos. Tudo começa com William de Newburgh, que escreveu na Inglaterra do século XII:

> Não seria fácil acreditar que os cadáveres dos mortos podem sair (motivados não sei por quê) de seus túmulos e vaguear por aqui, para terror ou até mesmo destruição dos vivos, e depois retornar aos seus sepulcros, os quais, por sua livre e espontânea vontade, abrem-se para recebê-los. Não fosse pelos muitos exemplos ocorridos em nosso tempo, e que são suficientes para estabelecer esse fato como verdade, além de testemunhas em abundância. Seria estranho se tais fatos já ti-

vessem ocorrido anteriormente, uma vez que não conseguimos encontrar evidências na obra dos escritores antigos, cujo vasto trabalho estava comprometido com a ideia de registrar qualquer ocorrência que fosse digna de memória; pois, se eles não deixaram de escrever nem sobre os eventos de interesse moderado, como poderiam ter omitido um fato tão surpreendente e horrível, supondo que tivesse acontecido em seu tempo? Ademais, se tivesse sido eu a narrar todos os acontecimentos desse tipo que já confirmei terem acontecido em nosso tempo, a empreitada seria demasiadamente trabalhosa e maçante.

William até relata alguns exemplos. Nosso pai transcreveu alguns em seu diário, e esse é interessante por causa da parte que fala do machado.

Assim que o homem foi deixado sozinho no local, o Diabo, imaginando ter encontrado o momento certo para testar sua coragem, fez levantar imediatamente um dos mortos de sua escolha, o qual parecia ter repousado mais do que o de costume. Tendo visto essa cena de longe, o homem congelou de terror por estar sozinho; mas logo recuperou a coragem e, por falta de um lugar para se refugiar, resistiu bravamente à investida do demônio, que veio correndo em sua direção, produzindo um barulho terrível. E então cravou o machado que empunhava fundo no corpo do monstro, que ao receber o golpe, grunhiu alto, virou-se de costas e fugiu com a mesma rapidez com que se havia aproximado, enquanto o admirável homem constrangia seu inimigo fujão de longe, incitando-o a procurar seu túmulo, que se abriu sem a ajuda de ninguém e, após receber seu convidado, que vinha na frente de seu perseguidor, fechou-se imediatamente, com a mesma facilidade. Enquanto isso, aqueles que haviam se retirado para perto da fogueira por causa do frio da noite apareceram, ainda que um pouco tarde demais, e tendo ouvido a história, prestaram a ajuda necessária para que o cadáver acusado fosse removido de seu túmulo até o amanhecer. Quando finalmente removeram todo o barro que estava ao seu redor, eles encontraram o enorme ferimento que havia sido causado pelo machado, além de uma grande quantidade de sangue coagulado que havia escorrido dele para dentro da sepultura. Então, após carregá-lo para além dos muros do monastério e queimá-lo, espalharam suas cinzas ao vento.

Outro caso, de 1951, envolve um *nachzehrer*, que é como os zumbis são chamados no norte da Alemanha. Conhecido como "o caso do sapateiro da Silésia", tudo começa com uma família tentando acobertar um suicídio. No entanto, a verdade acaba sendo revelada, porque o cadáver sai do túmulo e aterroriza os cidadãos de Breslau por oito meses. Vamos começar da parte em que os moradores da cidade estão começando a suspeitar da afirmação feita pela viúva de que seu marido fora vítima de um derrame, quando na verdade ele havia cortado os próprios pulsos (será?):

Enquanto isso, um fantasma aparecia de vez em quando, com as mesmas feições que pertenciam ao sapateiro quando este ainda era vivo, tanto durante o dia quanto à noite. Ele assustava muitas pessoas apenas com sua forma fantasmagórica, outras ele acordava por meio de barulhos, outras ele oprimia e outras, aborrecia de diferentes maneiras, até que, ao amanhecer, todos na cidade falavam sobre o fantasma. No entanto, quanto mais o fantasma aparecia, mais incomodados ficavam seus parentes. Eles foram ao presidente da corte e disseram que muito crédito estava sendo dado aos rumores infundados espalhados pelas pessoas, de que o honroso homem estava sendo insultado em seu túmulo e que, sendo assim, eles se viam obrigados a levar o assunto ao Kaiser. Mas, no momento em que o assunto de fato resultou em uma proibição, as assombrações ficaram bem piores. Porque o fantasma estava sempre ali quando o sol se punha e, como ninguém estava a salvo dele, todos estavam sempre olhando em volta, procurando-o. Os mais incomodados eram aqueles que queriam descansar após o trabalho pesado; geralmente o fantasma ia até as suas camas e até mesmo se deitava nelas e sufocava seus ocupantes. De fato, ele apertava suas gargantas com tanta força que era possível ver as marcas de seus dedos, de modo que qualquer um podia questionar o famigerado derrame. Dessa forma, as pessoas, que já estavam receosas, ficaram com ainda mais medo, de modo que não permaneciam por muito tempo em suas casas, mas iam procurar abrigo em locais mais seguros. Muitas delas, por não se sentirem seguras em seus quartos, ficavam em outros cômodos, cheios de pessoas, para que seu medo fosse dissipado pela multidão. Ainda assim, mesmo que todos deixassem as luzes acesas, o fantasma aparecia de qualquer jeito. Muitas vezes todos o viam, outras vezes apenas alguns, dentre os quais ele escolhia alguns para atormentar.

Depois de um tempo, eles se cansam e resolvem abrir o caixão, descobrindo que o sapateiro está com a aparência boa demais para alguém morto há oito meses. Aliás, o corpo não mostrava sinal algum de decomposição. Nem feder ele fedia. Então eles resolvem tomar uma medida drástica e colocam o corpo do sapateiro em um caixão, que seria vigiado dia e noite. Se isso acabou com as assombrações? Dificilmente.

A exumação não ajudou; o fantasma, o qual eles esperavam ter banido dessa maneira, passou a causar ainda mais desassossego. O cadáver foi colocado na forca, mas isso também não ajudou, uma vez que ele ficou tão terrivelmente enfurecido que não é possível nem descrever. A essa altura, com o fantasma assustando a todos tão furiosamente e por isso causando inconvenientes para muitos cidadãos, inclusive para seus amigos próximos, a viúva foi até o conselho da cidade e disse que iria admitir tudo e que eles poderiam lidar com seu ex-marido com todo o rigor cabível. Mas, num curto período de tempo, de 24 de abril até 7 de maio, o corpo havia ganhado muito peso, o que todos já haviam percebido. E foi aí que, no dia 7, o conselho mandou que o carrasco tirasse o cadáver do caixão em que se encontrava. E então sua cabeça foi decepada, suas mãos e pés desmembrados e, depois disso, suas costas foram abertas e o seu coração removido, o qual parecia tão sadio quanto o de um novilho recém-abatido. Tudo foi queimado em uma pira funerária composta de sete braças de madeira e de muitos anéis de piche. Mas, para que ninguém recolhesse as cinzas ou os ossos e os usasse para bruxaria, como costuma acontecer, os guardas foram instruídos a não deixar ninguém se aproximar. Bem cedo na manhã seguinte, quando o fogo já havia consumido a pilha de madeira, as cinzas foram colocadas dentro de um saco e jogadas na água corrente. E assim, com a ajuda de Deus, o fantasma foi para longe e nunca mais apareceu.

Está tudo aí: o acobertamento de uma mentira após a morte, a família aos poucos se dando conta de que a mentira está voltando para assombrá-la (literalmente) e, por fim, a verdade vindo à tona. O sapateiro da Silésia é como um molde para muitos outros zumbis que vieram depois dele, porque as pessoas não mudam, nem antes nem depois que morrem.

Você vai perceber que muitas pessoas usam as palavras "zumbi" e *ghoul* como se fossem sinônimas. Não são. Há uma grande variedade de coisas que voltam do além, e o *ghoul* é apenas uma delas, entende? E é por isso que, na nossa opinião, até vampiros podem ser considerados como uma subcategoria de morto-vivo — porque eles não são demônios e também não são espíritos. Processo de eliminação. Além disso, eles circulam por aí em seus próprios corpos, o mesmo que possuíam quando eram pessoas comuns, que nunca haviam desejado o doce gosto do sangue O negativo. Nós já os enfrentamos duas vezes e até os deixamos escapar em uma ocasião — o que não agradou muito os outros caçadores.

Enfim, vamos aos *ghouls*.

Ghoul

De onde vem a palavra *ghoul*? Antes de ser usado para designar algo de comportamento doentio ou qualquer assassino em série, o termo remetia ao *ghul* da época medieval, que era um tipo de demônio oriental. Habitava cemitérios e era filho de Iblis, uma figura semelhante ao satanás (e que, inclusive, mais tarde ficou conhecido como al-Shaitan). Assim como outros demônios, de vez em quando o Iblis sofre de abstinência de mulheres humanas — pra dizer a verdade, o tempo todo — e, sempre que ele arranja alguma, mais um *ghoul* é posto no mundo. O Iblis tinha permissão para vaguear pela Terra, ao contrário de seu equivalente judaico-cristão, pois era a intenção de Alá deixar que alguém botasse ideias perversas nas cabeças das pessoas, para que assim pudesse testá-las. O que nos parece um pouco de exagero, uma vez que, até onde sabemos, as pessoas são pra lá de capazes de ter ideias perversas por conta própria.

Mas demônio também não significa a mesma coisa nesse contexto do que significa na demonologia cristã. Não vamos nos aprofundar muito no assunto, mas acredite quando dizemos que, em geral, o *ghoul* e o zumbi, ainda que sejam obstáculos na sua busca pela felicidade, não são a mesma coisa que demônios como o Desgraçado dos Olhos Amarelos. *Ghoul* também pode significar um tipo de metamorfo do deserto que costuma se disfarçar de hiena e distrair viajantes de seus caminhos para depois comê-los. Aprecia muito criancinhas e é capaz de cavucar túmulos para comer os cadáveres.

Aqui vai um bom exemplo, retirado do *Historie curieuse et pittoresque des sorciers*, editado por Fornari:

Morava em Bagdá um mercador idoso que havia enriquecido com seus negócios e que era pai de apenas um garoto, com quem tinha uma ligação muito terna. Ele decidiu casar o rapaz com a filha de outro mercador, uma moça de fortuna considerável, mas sem nenhum atributo pessoal. Abul Hassan, o filho de mercador, quando viu a foto da dama, pediu a seu pai que adiasse o casamento até que ele pudesse se acostumar com a ideia. No entanto, em vez disso, ele se apaixonou por outra moça, filha de um sábio, e não deu descanso para seu pai até que ele concordasse em deixá-lo se casar com sua favorita. O velho tentou ficar de fora da situação o tanto quanto pôde, mas, ao descobrir que seu filho estava para pedir a mão da bela Nadilla e que estava igualmente decidido a não se casar com a moça feia e rica, ele fez o que muitos pais são forçados a fazer numa situação dessas: concordar.

O casamento se deu com toda a pompa e circunstância e foi seguido de uma feliz lua de mel, a qual poderia ter sido ainda mais feliz, não fosse por um pequeno detalhe que gerou consequências muito sérias.

Abul-Hassan percebeu que sua noiva havia deixado o leito nupcial, assim que achou que ele estivesse dormindo, e só retornou uma hora antes do amanhecer.

Tomado pela curiosidade, numa noite Hassan fingiu estar dormindo e viu sua mulher deixar o quarto como de costume. Ele a seguiu cuidadosamente e a viu entrar em um cemitério. Sob os fracos raios de luz da lua, ele a viu entrar em uma das sepulturas e a seguiu.

A cena do lado de dentro era horrível. Um grupo de *ghouls* estava reunido em volta dos bens roubados de outros túmulos e se alimentava da carne dos cadáveres enterrados há tempos. Sua própria mulher, que, diga-se de passagem, nunca havia encostado no jantar em casa, desempenhava um papel nada tímido naquele horroroso banquete.

Assim que pôde escapar com segurança, Abul-Hassan voltou correndo para sua cama.

Ele não disse nada para sua mulher até o início da noite seguinte, quando o jantar foi servido e ela recusou-se a comer. Ele insistiu que ela compartilhasse da comida e, mediante nova e veemente recusa, gritou com raiva: "Pois é, você guarda o seu apetite para o seu banquete com os *ghouls*". Nadilla ficou em silêncio, trêmula, seu rosto pálido. Sem dizer uma palavra, foi até sua cama. À meia-noite, ela acordou e atacou seu marido com unhas e dentes, rasgando sua garganta, e após atingir uma veia, tentou sugar seu sangue. Mas Abul-Hassan pôs-se de pé e a derrubou, matando-a com um golpe. Ela foi enterrada no dia seguinte.

Três dias depois, à meia-noite, ela reapareceu e atacou seu marido novamente, mais uma vez tentando sugar seu sangue. Ele fugiu e, na manhã seguinte, abriu sua sepultura, queimou o corpo da mulher até só sobrarem as cinzas e as espalhou pelo Rio Tigre.

Desde que nos entendemos por gente, exumar e queimar cadáveres tem sido o meio mais fácil de nos livrarmos dos zumbis. Variações podem aparecer — e, meu Deus, como aparecem —, mas o fogo deve estar sempre de prontidão. Nós juramos. Mesmo quando já nos livramos de alguma coisa, usando outro método, queimamos o que sobrou mesmo assim, só para ter certeza.

Shtriga

O folclore está cheio de histórias sobre criaturas que já foram humanas, mas que partiram deste mundo por causa de alguma magia ou fenômeno sobrenatural. O *wendigo* é um deles, o licantropo é outro. E aí temos a *shtriga*. Você pode voltar no tempo e verificar que os registros antigos falam de algo que chamavam de *strix*, a qual descreviam como uma criatura que, como punição por ter praticado um ato de canibalismo — mais uma vez como o *wendigo* —, ficou deformada e se transformou em um ser voador noturno, visto pelos romanos, nas palavras de Antonius Liberalis, como "um prenúncio de guerra civil para os homens". Esperamos que, a esta altura, você já tenha se dado conta de que essa história de pessoas que se alimentam de carne humana nunca acaba bem.

Na Idade Média, a *shtriga* era descrita como uma bruxa, se bem que na Idade Média qualquer coisa era bruxaria. Outras fontes a relacionam com o *strigoi* romano, um tipo de vampiro. E isso também não está muito correto. A nossa versão é a de que a *shtriga* é um zumbi, um morto-vivo, que vive zanzando por aí em um corpo que já deveria ter morrido há muito tempo. Ela pode não estar totalmente morta, mas se alimenta do *spiritus vitae* de suas vítimas, sugando-lhes as forças. É isso que a mantém na ativa. Em geral, ataca crianças, aproveitando para perseguir todos os irmãos e irmãs de uma mesma família antes de passar para outra.

A *shtriga* é um dos poucos monstros que nós, Winchesters, precisamos de duas caçadas para liquidar, porque ainda éramos crianças pequenas na primeira vez em que a encontramos. Isso foi em Fort Douglas, Wisconsin. Enquanto nosso pai estava fora, caçando-a, a *shtriga* veio atrás de nós. E achamos que ele sabia, porque, quando ela estava prestes a começar o serviço sujo, ele apareceu, arrebentando a porta e atirando para todos os lados. Ele acertou, mas não matou, e é por isso que, 17 anos depois, nós fomos parar em Fitchburg, bem perto de Fort Douglas.

Lá, terminamos o serviço. A *shtriga* fica vulnerável apenas quando está se alimentando ou se for atingida por ferro consagrado. Nós a rastreamos, esperamos até que tivéssemos certeza de qual criança seria a próxima a ser atacada e então matamos a coisa.

Você imagina que haveria alguma coisa no diário do nosso pai sobre o assunto, mas não há nada. E nós achamos que é porque ele sabia que iríamos esbarrar com ela outra vez, e sabia que Dean se lembraria. Não fazia sentido esfregar a cara dele no assunto. Dean sempre se culpou por não ter documentado o fato em desenho, mas ele tinha apenas 10 anos. Há certas coisas que crianças de 10 anos de idade não deveriam ser obrigadas a fazer.

Draugr/ Draug

O *draugr* assombrava os túmulos dos *vikings*, mas também ressurgiu dos mortos para causar morte e destruição em vilas de colonizadores: na saga de Eyrbyggja, um *draugr* chamado Thorolf mata tantas pessoas que todo o vale assombrado por ele é abandonado. *Draugrs* também são mencionados na saga de Laxdaella e, é claro, na saga de Grettir. Se estivesse assombrando o túmulo de um homem rico, o *draugr* protegeria o tesouro e caçaria qualquer um que ousasse roubar algo da sepultura. Muito forte e pálido como um morto, o *draugr* também é capaz de alterar seu tamanho, e como se isso já não fosse perigoso o suficiente, ele também costuma ser imune a armas comuns operadas por homens comuns. Em geral, é necessário um herói para despachar o *draugr*, que pode facilmente matar sua vítima usando apenas força bruta, para depois sugar seu sangue e comê-la. Algumas histórias dizem que o *draugr* sai do túmulo como uma fumaça e só depois assume seu formato humanoide. Os heróis que aparecem nas sagas costumam enfrentar o *draugr* sem a ajuda de armas, usando apenas de força para submetê-lo. Mas nem sempre. Após uma luta exaustiva, que deixa em ruínas o salão onde começou, Grettir mata o *draugr* com um golpe de sua espada.

A menos que o corpo do *draugr* seja destruído de maneira drástica, é possível que ele retorne. Assim como alguns relatos sobre zumbis, as sagas islandesas sugerem que a melhor maneira de se livrar de um *draugr* para sempre é decapitá-lo, queimá-lo e, por fim, jogar suas cinzas no mar.

Saga de Eyrbyggja: Thorir Perna de Pau mata vários homens, os quais acabam todos virando mortos-vivos. Corta a cena para o mar, onde seis homens morrem e depois voltam à fazenda, igualmente "mortos" e encharcados. Os dois grupos de zumbis lutam, e então o *draugr* Thorolf mata tantos residentes que o vale é evacuado.

Saga de Laxdaela: sobre o *draugr* chamado Hrapp-Matador. "Como teve que encarar muitas dificuldades durante sua vida, ele era muito pior depois da morte, pois seu cadáver nunca descansava."

Alguns *draugrs* são capazes de abandonar seu local de descanso eterno e visitar os vivos durante a noite. Tais visitas são acontecimentos universalmente terríveis, em geral levando à morte de um ou mais dos vivos envolvidos, o que depois justifica a exumação do corpo do *draugr* por um herói.

Alguns *draugrs*, conhecidos como *haugbui*, assombram apenas cemitérios e costumam deixar os mortais em paz, a não ser que alguém viole seu túmulo ou se aproxime demasiadamente.

O *draugr* tem um primo esperto conhecido como *draug*, que está mais ligado à vida marinha. *Draugs* ficaram conhecidos por fazerem com que marinheiros escorregassem perigosamente em pedras molhadas quando aportavam — essa variedade é chamada de *gleip* —, e mesmo que costumem ter uma aparência humana, há grandes diferenças. Às vezes, a cabeça do *draug* é feita de algas marinhas; em outras ocasiões, ele não possui cabeça alguma (se devemos decapitar zumbis, o que fazer com os sem-cabeça?)

Às vezes, os *draugs* nadam acompanhando a embarcação, esperando por uma oportunidade de enganar os marinheiros e fazê-los escorregar nas pedras. Alguns dizem que podem mudar de forma e aparecer como algas marinhas ou pedras escorregadias. A não ser que o marinheiro cuspa em uma dessas pedras, pisar nelas pode ser fatal. Outro uso maléfico da forma de pedra acontece quando um marinheiro embarca com um *draug*, sem saber que ele está disfarçado de pedra. Assim que o navio parte, o *draug* volta à forma original, causando um desequilíbrio de peso que acaba por virar o navio.

Além de serem eles próprios um grande problema, *draugs* são maus agouros. Ver ou ouvir um deles é sinal de que há uma tragédia à espreita. Nós nunca encontramos um. O simples fato de sabermos sobre sua existência já é suficiente para nos manter afastados de barcos. E longe da Escandinávia.

Vampiro

A primeira vez que lutamos contra vampiros foi quando estávamos procurando uma arma que atirava balas mágicas.

Pode acreditar.

Samuel Colt desenvolveu um revólver e treze balas mágicas capazes de matar qualquer coisa com apenas um tiro. Nosso pai ficou sabendo e nós nos demos conta de que finalmente havíamos encontrado a *kryptonita* do Desgraçado de Olhos Amarelos. Pela primeira vez, estávamos no encalço dele e tínhamos a pista de uma arma que poderia fazer a diferença. Se tivéssemos que passar por um covil de vampiros para colocar as mãos naquele revólver, nós o faríamos. E fizemos.

Na verdade, ficamos um pouco surpresos de encontrar vampiros, uma vez que nosso pai achava que um caçador amigo dele, chamado Daniel Elkins, havia matado o último vampiro remanescente na América do Norte. Elkins deve ter deixado algum para trás, porque nós encontramos vários. E não sabíamos muito bem no que estávamos nos metendo, porque o mito do vampiro é tão vasto e contraditório que fica difícil discernir o que pode realmente funcionar daquilo que um monge do período medieval achou que ouviu o sacristão mencionar, enquanto tomava uma taça de vinagre no café da manhã.

Aqui vão algumas informações sobre vampiros, antes que voltemos à história de Colt.

Até onde quase todo mundo sabe, o primeiro uso da palavra "vampiro" em inglês aconteceu por volta de 1734, em *As Viagens de Três Cavalheiros Ingleses* (*The Travels of Three English Gentleman*), o qual só é conhecido hoje como parte do volume quatro da *Harleian Miscellany*: "Não podemos deixar de observar aqui que o nosso senhorio parece dar alguma atenção ao que o barão de Valvasor relatou sobre os *Vampyros*, que dizem ter infestado algumas partes desse país. Ao que parece, esses *Vampyros* são corpos de pessoas mortas, reanimados por espíritos malignos, os quais saem de seus túmulos durante a noite para sugar o sangue de pessoas vivas, levando-as à morte."

Isso foi mais ou menos na mesma época das primeiras grandes histórias de vampiros na Europa continental, sendo a mais famosa delas uma narrativa póstuma das atividades de Peter Plogojowits, publicada em 1725. O relatório completo, preenchido por um burocrata local, é o seguinte:

> Após a morte de um elemento chamado Peter Plogojowitz, dez semanas atrás – ele morava na vila de Kisilova, no distrito de Rahm (Sérvia) –, e de seu respectivo enterro, de acordo com a tradição Raetzin, foi revelado que nessa mesma vila de Kisilova, dentro de uma semana, nove pessoas, jovens e adultas, também morreram, vítimas de uma doença que matava em 24 horas. E elas disseram publicamente, ainda em seus leitos de morte, que o supracitado Peter Plogojowitz, morto dez semanas antes, havia ido até as suas casas durante a noite e deitado sobre elas, fazendo com que abrissem mão de suas almas. Os outros elementos estavam muito aflitos e tiveram suas crenças corroboradas pelo fato de que a esposa do falecido Peter Plogojowitz, após dizer que seu marido havia ido ao seu encontro e exigido seus opanki, ou seja, seus sapatos, havia deixado a vila de Kisilova e se mudado para outra vila.
>
> E como no caso desses indivíduos (os quais eles chamam de vampiros), podem ser encontrados vários sinais – quer dizer, a não decomposição do corpo, a não interrupção do crescimento de pele, cabelo, barba, e unhas – os elemen-

tos resolveram, por unanimidade, abrir o caixão de Peter Plogojowitz para averiguar se tais sinais eram verificáveis. Para essa finalidade, eles vieram até mim e, ao me relatarem esses eventos, pediram-me que o papa local, ou o padre da paróquia, estivesse presente durante a inspeção. E mesmo que eu tenha desaprovado a ideia num primeiro momento, argumentando que a nossa louvável administração deveria ser informada antes, por questão de respeito e modéstia, e que a sua elevada opinião deveria ser ouvida, eles não concordaram com isso de maneira alguma, dando-me a seguinte resposta seca: eu poderia fazer o que bem entendesse, mas se eu não lhes concedesse o direito de exumação e de reconhecimento, para que eles pudessem lidar com o cadáver de acordo com seus costumes, eles teriam que deixar seus lares, pois, quando a benevolente resolução finalmente chegasse de Belgrado, talvez toda a vila – e parece que isso já acontecera uma vez, na época do domínio turco – já tivesse sido destruída pelo tal espírito maléfico, e eles não queriam esperar até que isso acontecesse.

Já que eu não tinha como impedir as pessoas de botar em ação o plano combinado, nem com palavras mansas nem por meio de ameaças, decidi ir à vila de Kisilova, levando comigo o papa Gradisk, e vi o corpo recém-exumado de Peter Plogojowitz, tendo descoberto, após minuciosa e completa inspeção, que, em primeiro lugar, eu não detectei o menor odor característico de cadáveres e, à exceção do nariz, que parecia ter caído, o corpo parecia absolutamente fresco. O cabelo e a barba – até mesmo as unhas, as quais ele já havia perdido – haviam crescido; a antiga pele, que já estava um tanto esbranquiçada, havia descascado, dando lugar a uma pele jovem. O rosto, as mãos e os pés – o corpo todo – estavam tão reconstituídos que não poderiam ter estado mais completos durante sua vida. Para meu espanto, percebi que havia sangue fresco em sua boca, o qual, de acordo com o entendimento geral, ele provavelmente havia sugado das pessoas que matara. Resumindo, tudo indicava que as pessoas (como citado acima) estavam corretas.

Depois que o papa e eu já havíamos visto esse espetáculo e como as pessoas ficavam cada vez mais ensandecidas do que preocupadas, os elementos, com muita rapidez, afiaram a ponta de uma estaca – que iria perfurar o cadáver– e a atravessaram em seu coração, ao que muito sangue começou a jorrar, sangue absolutamente fresco, de suas orelhas e boca também, além de outros sinais bizarros que sucederam, os quais não relatarei por respeito.

Finalmente, de acordo com seu costume rotineiro, eles queimaram o tão mencionado corpo, *in hoc casu*, até virar pó, e assim eu informei à louvável Administração. E ao mesmo tempo gostaria de pedir, obediente e humildemente, que, caso tenha cometido algum erro no que diz respeito a esse assunto, tal erro seja atribuído não a mim, mas ao povo, que se uniu por causa do medo.

Mais ou menos na mesma época, outro vampiro, esse chamado Arnold Paole, estava causando problemas em sua cidade natal, chamada Medvegia, na Sérvia. Cinco anos após a morte de Paole, Medvegia estava sob vigilância, com 17 mortes num período de menos de três meses. O imperador da Áustria em pessoa, Carlos VI, declarou que uma investigação se fazia necessária. O resultado da apuração, chamada de *Visum et Repertum* e assinada por muitos militares, incluindo um cirurgião de campo temporário, diz o seguinte:

Depois que foi noticiado que, na vila de Medvegia, o famigerado vampiro havia matado algumas pessoas após ter sugado o sangue delas, fui enviado, mediante decreto da Honorável Suprema Corte local, para investigar o assunto em suas minúcias, na companhia de oficiais instruídos para tal propósito e de dois médicos militares. Dessa forma, realizei o trabalho e averiguei as informações que se seguem na presença do capitão da Companhia Stallath de Haiduques*, de Gaorschiz Hadnack, o porta-estandarte e também o haiduque mais velho da vila. Todos foram unânimes em dizer que, por volta de cinco anos atrás, um haiduque das redondezas, chamado Arnold Paole, quebrou o pescoço ao cair de uma carroça que transportava feno. Ao longo de sua vida, esse homem havia mencionado diversas vezes que, num local próximo a Gossoba, na parte turca da Sérvia, ele havia sido perturbado por um vampiro, e que, por conta disso, ele havia comido terra do túmulo dele e se besuntado com seu sangue, para que pudesse se livrar da vexação que havia sofrido. Mais ou menos 20 ou 30 dias após a sua morte, algumas pessoas reclamaram que estavam sendo incomodadas pelo mesmo Arnold Paole; e quatro pessoas haviam de fato sido mortas por ele.

Para dar fim a esse mal, eles desenterraram o tal Arnold Paole 40 dias após a sua morte – aconselhados por Hadnack, que estava presente nos acontecimentos anteriores – e descobriram que seu corpo estava completo e nada decomposto, e que sangue fresco havia brotado de seus olhos, nariz, boca e orelhas. Descobriram também que sua camisa, o revestimento e o próprio caixão estavam cobertos de sangue; que suas unhas antigas das mãos e dos pés, assim como a pele, haviam caído e dado lugar a novas unhas e pele. Assim concluíram que ele era de fato um vampiro e perfuraram seu coração com uma estaca, de acordo com o costume, ao que ele emitiu um grunhido audível e sangrou copiosamente.

Logo depois, no mesmo dia, queimaram o corpo e jogaram as cinzas no túmulo. Essas pessoas disseram ainda que todos aqueles que foram atormentados ou mortos pelo vampiro também iriam se transformar nesses seres. Logo, eles desenterraram os outros quatro mortos mencionados acima da mesma maneira. E então disseram também que o tal Arnold Paole não atacou apenas pessoas, mas também o gado, tendo sugado seu sangue. E como as pessoas consumiram a carne de tais animais, parece que há alguns vampiros nas redondezas de novo, uma vez que, num período de três meses, 17 pessoas – jovens e adultos – morreram, entre as quais algumas que, nunca tendo sofrido de qualquer doença, morreram em dois ou no máximo três dias. Ademais, o haiduque chamado Jowiza conta que, há 15 dias, sua enteada, que atende por Stanacka, foi dormir parecendo viçosa e saudável, mas à meia-noite a menina pulou da cama com um grito terrível, tremendo de medo, e disse que havia sido sufocada por Milloe, filho de um haiduque que havia morrido nove semanas antes. Depois disso, ela começou a sentir uma dor no peito, que se intensificava a cada hora, até que, no terceiro dia, finalmente morreu.

Assim, fomos, na mesma tarde, ao cemitério acompanhados do já mencionado haiduque mais velho da vila, a fim de abrir os caixões suspeitos e examinar os cadáveres. Dessa forma, depois que todos haviam sido dissecados, descobriu-se que:

1. Uma mulher de 20 anos de idade chamada Stana, morta no parto dois meses antes, após ter adoecido três dias, já havia mencionado que se pintara com o sangue de um vampiro. Tanto ela quanto seu bebê – também morto logo após o nascimento e que, por culpa de um funeral malfeito, tivera o corpo devorado por cachorros – haveriam de se tornar vampiros. Ela estava bastante completa e não decomposta. Depois que o corpo foi exumado, foi encontrada uma grande quantidade de sangue extravascular na *cavitate pectoris*. Veias e artérias não estavam, como de costume, cheias de sangue coagulado, e todas as vísceras, ou seja, o pulmão, o fígado, o estômago e o intestino, estavam bastante intactas, como as de uma pessoa sadia. O útero, no entanto, estava inchado e muito inflamado na parte externa, uma vez que a placenta e os lóquios haviam ficado no lugar, o que resultou na sua completa putrefação. A pele de suas mãos e pés, assim como as suas unhas, haviam caído por conta própria, mas, por outro lado, novas unhas eram evidentes, assim como uma nova camada de pele, jovem e viçosa.

2. Havia uma mulher chamada Milliza (60 anos), a qual havia morrido depois de uma doença que durara três meses, tendo sido enterrada cerca de 90 dias antes de nossa investigação. Uma grande quantidade de sangue em estado líquido foi encontrada em sua cavidade peitoral, e as outras vísceras estavam, como mencionado anteriormente, em ótima condição. Durante a dissecação, todos os haiduques que estavam em volta se maravilharam grandemente com a sua voluptuosidade e seu corpo perfeito, afirmando que haviam conhecido bem a mulher em sua juventude e que, durante toda a sua vida, ela sempre fora muito magra e seca, enfatizando que ela havia adquirido essa surpreendente voluptuosidade após a morte. Eles também disseram que, nesse caso, havia sido ela que provocara os vampiros, porque tinha comido a carne de ovelhas mortas por eles.

3. Havia um bebê de oito dias que estava enterrado há 90 dias e apresentava os mesmos sintomas de vampirismo.

4. O filho de 16 anos de um haiduque enterrado nove semanas antes também foi exumado, tendo sido encontrado como os outros vampiros. A doença que o levou à morte também tinha durado três dias.

5. Joachim, de 17 anos, também filho de um haiduque, havia morrido de uma

doença que durara três dias. Estava enterrado há oito meses e quatro dias e, ao ser dissecado, foi encontrado em condições semelhantes.

6. Uma mulher chamada Ruscha, que havia morrido após uma doença que durara dez dias, estava enterrada há seis semanas. Dentro dela foi encontrado muito sangue, não apenas na cavidade torácica, mas também no *fundo ventriculi*. O mesmo foi detectado em seu bebê, que tinha apenas 18 semanas e havia morrido há cinco dias.

7. Situação semelhante apresentava uma menina de 10 anos de idade, falecida dois meses antes; o corpo bem completo e não decomposto, além de apresentar muito sangue fresco na cavidade torácica.

8. Eles também fizeram com que fosse desenterrada a mulher de Hadnack, assim como seu bebê. Ela havia morrido há sete semanas, e seu bebê, de apenas oito semanas, morrera há 21 dias. Descobriu-se que mãe e criança estavam totalmente decompostas, ainda que a terra e o túmulo fossem iguais aos dos vampiros enterrados por perto.

9. Um servente que trabalhava no quartel dos haiduques, chamado Rhade, de 21 anos de idade, morreu depois de passar três meses doente e, tendo sido enterrado cinco semanas antes, foi encontrado completamente decomposto.

10. A esposa do bariactar local, assim como seu bebê, que haviam morrido cinco semanas antes, também encontravam-se em estado de decomposição.

11. No corpo de Stanche, um haiduque local de 60 anos de idade que havia morrido há seis semanas, eu percebi sangue líquido em profusão, assim como nos outros, no tórax e no estômago. Todo o seu corpo estava no já mencionado estado de vampirismo.

12. Milloe, um haiduque de 25 anos que estava debaixo da terra há seis semanas, também foi encontrado em condições de vampirismo.

13. Stanoika, a esposa de 20 anos de um haiduque, morreu após uma doença que durou três dias e estava enterrada há 18. Durante a dissecação, percebi que sua face estava bastante vermelha e com uma cor muito vívida. Como mencionado acima, ela havia sido sufocada por Milloe, filho de um haiduque, e também era possível ver, abaixo de sua orelha direita, um hematoma azulado do tamanho de um dedo. Enquanto ela estava sendo retirada do túmulo, uma grande

quantidade de sangue fresco jorrou de seu nariz. Ainda durante a dissecação, encontrei, como citado diversas vezes, um sangramento de odor normal, não apenas na cavidade torácica, mas também no *ventriculo cordis*. Todas as vísceras se encontravam em condições perfeitamente saudáveis e normais. A hipoderme do corpo inteiro, as unhas dos pés e das mãos eram completamente novas.

Feitos os exames, as cabeças dos vampiros foram decepadas pelos ciganos locais e queimadas junto com os corpos, e as cinzas foram então jogadas no rio Morava. Os corpos decompostos, no entanto, foram devolvidos aos seus túmulos. Isso eu certifico, junto aos médicos-oficiais assistentes que me foram designados. *Actum ut supra*:

(L.S.) Johannes Fluchinger, Oficial Médico Temporário do Regimento de Infantaria do Honroso B. Fürstenbusch.

(L.S.) J. H. Sigel, Oficial Médico do Honroso Regimento de Morall.

(L.S.) Johann Friedrich Baumgarten, Oficial Médico do Regimento de Infantaria do Honroso B. Fürstenbusch.

Os que assinam abaixo certificam que o Oficial Médico Temporário do Regimento de Infantaria do Honroso B. Fürstenbusch observou – juntamente com os outros dois Oficiais Médicos que assinaram com ele – que a questão dos vampiros é verdadeira sob todos os aspectos e foi observada, examinada e resolvida em nossa presença. Em confirmação disso assinamos, de próprio punho e em pessoa. Belgrado, 26 de janeiro de 1732.

(L.S.) Büttener, Tenente-Coronel do Honroso Regimento Alexandrino.

(L.S.) J. H. von Lindelfels, Oficial do Honroso Regimento Alexandrino.

Mas esse não foi o início dos problemas da Europa com vampiros. Desde o século XVI, vários governos europeus já distribuíam recompensas para aqueles que caçassem e matassem os vampiros e lobisomens.

Ah, e o lance do espelho? Até onde sabemos, isso foi uma invenção do Bram Stoker. O mesmo se aplica à habilidade de virar fumaça e todo o resto. No que diz respeito a vampiros, as coisas são muito simples. "Cruzes não os repelem e a luz do sol não os mata", dizia nosso pai — ainda que eles se queimem ao sol com muita facilidade e não gostem de ficar ao ar livre durante o dia. E nós descobrimos que eles precisam beber sangue para sobreviver e só morrem se forem decapitados, ainda que sangue de pessoas mortas os envenene e os faça diminuir o ritmo por um tempo. Ah, eles também podem ser mortos por balas do revólver mágico de Colt. Enfim, vamos ao que aconteceu:

Nós estávamos em Nebraska, procurando algo de interessante para caçar, quando lemos no obituário do jornal sobre a morte de Daniel Elkins. O nome nos lembrou de alguma coisa, e aparecia no diário do nosso pai. Então rumamos para Manning, no Colorado, para dar uma olhada, e encontramos um círculo de sal em frente à entrada da casa. Primeira pista: Elkins sabia de alguma coisa.

Depois nos encontramos com nosso pai, que estava ali pelo mesmo motivo que a gente. Mas ele tinha outro motivo também: ele estava procurando o Colt. Nós deduzimos que Elkins estivera guardando a arma, o que significava que o que quer que fosse que o tivesse matado, agora a possuía — e era de quem nós teríamos que tirá-la. O diário de Elkins era um tesouro de informações sobre vampiros: eles vivem em grupos pequenos, de oito a dez indivíduos, e caçam em grupos menores ainda, ou sozinhos. As vítimas são levadas ao covil e mantidas vivas por tanto tempo quanto os vampiros consigam se conter.

Se você quer saber a nossa opinião, isso não é jeito de se viver. E, para suas vítimas, não é jeito de morrer. Nesse caso, era ainda pior, porque eles haviam matado um caçador. Isso agravou a situação, principalmente para o nosso pai. Elkins havia sido um dos primeiros a lhe ensinar o básico da profissão, a apresentá-lo para os outros caçadores. Agora Elkins se fora e os vampiros iriam pagar por isso.

Logo na primeira caçada, matamos alguns vampiros. Flechas embebidas em sangue de pessoas mortas, para fazê-los cambalear, e machadinhas para finalizar o serviço. Ao longo do caminho, salvamos algumas pessoas de virarem almoço — e conseguimos pegar o Colt, ainda que tenhamos desperdiçado uma bala no líder do covil, um sujeito durão que se chamava Luther.

A outra coisa que fizemos foi nos transformarmos numa família novamente. *Winchester and Sons*, a seu dispor — ainda que por um tempo.

Quando encontramos vampiros novamente, nosso pai já estava morto.

E, como se isso já não fosse chocante o suficiente, os vampiros não eram assim tão ruins.

Isso aconteceu em Red Lodge, Montana, depois de perdemos o Colt, depois que perdemos o nosso pai, e nós estávamos começando a achar que a guerra — a Guerra contra os Demônios — estava se aproximando. Em outras palavras, a vida estava uma tremenda porcaria. Havíamos ouvido falar de assassinatos por decapitação e mutilações de gado que estavam acontecendo no meio do nada em Montana e, como não tínhamos nada melhor pra fazer, rumamos para o estado das planícies.

Uma pequena observação sobre mutilação de gado, já que foi isso que chamou a nossa atenção para os acontecimentos estranhos em Red Lodge. A mutilação de gado não é feita por homenzinhos verdes nem por extraterrestres cinza. É obra de seres humanos asquerosos (tipo bastante comum) ou de pessoas que querem ver o que não existe. Esse tipo de coisa chama a nossa atenção porque, muitas vezes, pessoas que mutilam animais estão metidas com outras coisas também, como por exemplo vestir umas capas pretas e bregas e clamar "Viva Satã", enquanto realizam sacrifícios humanos. Mas extraterrestres? Alguma coisa nos diz que eles não viajariam centenas de bilhões de quilômetros só pra dar uma de nazista louco pra cima de um bando de vacas. Então, antes que você resolva começar com essa história de luzinhas que você viu piscando loucamente no céu no único dia em que você estava fazendo churrasco na varanda, nós devemos avisar: pessoas que acreditam em óvnis são loucas. *Mas eu quero acreditar* — então tá. Acredite, faça o que bem entender. Mas não existe essa coisa de óvni, sempre acabam descobrindo que era outra coisa. Um trote ou um balão meteorológico — ou algo da nossa área. Algo sobrenatural.

A primeira coisa que aconteceu em Red Lodge foi que nós engambelamos o xerife, mas isso é praticamente um procedimento padrão. A segunda coisa que fizemos foi nos infiltrarmos no necrotério, com a desculpa de que queríamos dar uma olhada na garota que havia sido decapitada. E foi aí que descobrimos que ela havia sido uma vampira.

Então tá, nós pensamos. Isso é interessante. Seis meses antes, nós estávamos convencidos de que vampiros eram seres tão míticos quanto unicórnios e, se não míticos, pelo menos extintos. Os dodós do mundo dos mortos-vivos. Agora nós os havíamos visto e possuíamos evidências reais — e mortas — de um novo covil.

A terceira coisa que aconteceu foi conhecer Gordon Walker.

Aprendemos muitas coisas com Gordon. Soubemos que há regras de etiqueta entre os caçadores, o que nós nunca tínhamos ouvido falar, porque os Winchesters sempre caçaram sozinhos. Depois, quando conhecemos Bobby Singer, Ellen e Jo, foi que nos demos conta de que existia toda uma subcultura de heróis não reconhecidos por aí, arriscando suas vidas todos os dias para eliminar ameaças nas quais a maioria das pessoas nem acreditaria, mesmo que as presas estivessem enfiadas em seus pescoços. Falando em presas, era assim que Gordon chamava os vampiros. Ele parecia achar que havia um monte deles, o que nos permitiu constatar mais uma coisa acerca dos caçadores: eles não se comunicam muito bem. Daniel Elkins e nosso pai achavam que vampiros eram coisa do passado, e aqui estava Gordon, agindo como se eles pudessem estar escondidos atrás de qualquer árvore.

Outra coisa que aprendemos com Gordon foi que caçadores não gostam de compartilhar caçadas. Pelo menos ele não gostava. Mas Gordon não era normal, mesmo pra um caçador.

Mas o que é normal para um caçador? Eles (e a gente também) tendem a se isolar das instituições da sociedade, como a família e o trabalho. Eles também tendem a entrar nesse ramo por questões pessoais. Talvez algum tipo de malfeitor sobrenatural tenha matado um de seus entes queridos, o que pode fazer com que uma pessoa se torne focada demais. Até mesmo obsessiva. Disso nós entendemos. Mas o Gordon era um pouco diferente. Ele gostava do trabalho. Gostava até *demais*.

Como nós sabemos disso? Porque descobrimos, durante as investigações do caso em Red Lodge. No fim das contas, os vampiros eram mesmo responsáveis pelas mutilações no gado, e Gordon era o responsável pelas decapitações dos vampiros. Eles não estavam se alimentando de humanos, porque estavam fartos de serem caçados.

Uau.

Vampiros que não se alimentam de pessoas? Que fazem a coisa certa e sublimam seu desejo de sangue humano, matando gado em vez de gente? E um caçador que mata vampiros que — essa é difícil de engolir, mas temos que admitir — não eram maus?

Esse foi um daqueles momentos em que aquele ditado vem à mente: há mais coisas entre o céu e a terra... Você realmente não faz ideia do que vai encontrar, quando começa um novo caso.

A princípio foi muito difícil de acreditar, mesmo que Sam tivesse evidências em primeira mão: vampiros o sequestraram e depois o soltaram, apenas para provar seu ponto. Gordon definitivamente não estava acreditando nessa história, e então nós o pegamos torturando uma das vampiras para forçá-la a revelar a localização dos outros. Foi aí que realmente nos demos conta de que, no caso Gordon, o instinto de caçador havia apagado sua noção de certo e errado. Ele tinha seus motivos: havia sido atacado por vampiros dentro de sua casa, quando ainda era um adolescente. Eles o espancaram e levaram sua irmã, que foi transformada.

Então ele saiu de casa, aprendeu a localizá-los e caçou a sua própria irmã. Ou, nas palavras dele, o monstro que *um dia fora* a sua irmã. E a matou.

Isso já é suficiente para tornar uma pessoa um pouco sombria. Mas um caçador que começa a gostar de tortura? Ele não está muito longe de mudar de lado e se transformar em um joguete das mesmas forças que estamos todos tentando exterminar. Quando você começa a sentir prazer em causar dor — o que não tem nada a ver com a satisfação perversa que sentimos quando eliminamos o mal — é porque você já se transformou em outra coisa. Em algo mau — talvez tão mau quanto as coisas que você caça. Você olha para o abismo e o abismo olha de volta.

Nós confrontamos Gordon por causa disso e acabamos fazendo duas coisas que nunca achamos que iríamos fazer em nossas vidas. Primeiro, nos metemos em uma briga impiedosa com outro caçador; e, segundo, deixamos os vampiros em paz.

Talvez seja diferente da próxima vez (para Gordon certamente foi, mas falaremos mais sobre isso depois). Não vamos andar por aí achando que o próximo covil de vampiros que encontrarmos vai estar cheio de vegetarianos. Tudo que se alimenta de humanos vira alvo pra nós, e desconfiamos de que, da próxima vez que encontrarmos um vampiro, ele estará sugando o sangue de pessoas em vez do de vacas. E, nesse caso, nós iremos arrancar a sua cabeça e passar para o próximo monstro.

E tudo voltará ao normal.

Zumbi

Nós levamos muito tempo para encontrar um verdadeiro zumbi. Seria de se imaginar que isso tivesse acontecido antes, levando em conta todos os outros seres estranhos que já vimos, mas não. Só depois de mais ou menos vinte anos de estrada que, finalmente, apareceu o nosso primeiro zumbi. E ela, inclusive, era uma gracinha, até começar a matar pessoas.

O problema com o legado de crenças sobre zumbis e mortos-vivos é que ele é tão extenso que fica quase impossível selecionar as informações e descobrir quais são, de fato, verdadeiras. Todo mundo já assistiu a um filme chamado *A noite dos mortos-vivos*, mas, acredite, até onde sabemos, ser mordido por um zumbi não vai transformá-lo em um. Mas pode ser que você morra. Enfim, a maioria dos zumbis não morde. Alguns outros mortos-vivos mais parecidos com o *ghoul* até mordem, mas agora estamos falando de zumbis.

A palavra em si é derivada de *Nzambi*, usada nas línguas bantas para falar de espíritos ancestrais ou de pessoas mortas. Em algumas religiões da África ocidental, *Nzambi* também é um dos nomes dado ao deus criador, um deus que presidiu a criação e depois se afastou para assistir ao desenrolar das coisas. Com a expansão para as Índias Ocidentais, a palavra passou a ser usada para descrever o típico zumbi haitiano, famoso na sabedoria vodu.

Nessa tradição, a criação de um zumbi se dá através da combinação de feitiçaria com uma neurotoxina extraída do peixe baiacu. Depois que ela é administrada, o *bokor* (mais a respeito dele quando formos falar sobre bruxaria) que executou a poção só precisa relaxar e aguardar. A vítima começa a sofrer de uma letargia crescente e finalmente cai num estado praticamente indistinguível da morte. Em geral, a vítima acaba sendo enterrada, e depois tudo que o *bokor* precisa fazer é exumá-la e colocá-la para trabalhar. A história do Haiti é cheia de zumbis — pior, a indústria açucareira os usava como força de trabalho, já que não reclamavam. O único problema é que se você alimentar um desses zumbis com carne ou sal (outra vez o sal), isso vai desencadear uma reação que os fará perceber sua condição e voltar ao túmulo para morrer.

Mas voltemos à zumbi que encontramos. Ela foi trazida de volta à vida com uma ajudinha habilidosa da necromancia grega, que em geral é mais uma tradição de comunicação com mortos, que os usa para divinações. Até Ulisses falou sobre isso, no canto XI da *Odisseia*, o que interessou nosso pai o suficiente para que ele copiasse a passagem relevante em seu diário:

> Perímede e Euríloco seguraram as vítimas, enquanto eu desembainhava a espada e escavava o poço, de um côvado* de comprimento e um de largura. Fiz a libação para Todas-as-Almas, primeiro com mel e leite, depois com bom vinho e da terceira vez com água, e espalhei por cima a alva farinha de aveia. Prometi que, quando voltasse a Ítaca, lhes sacrificaria, em minha própria casa, uma vaca parida, a melhor que tivesse, muitas coisas de valor na pira crematória; para Teiresias sozinho, em lugar diferente, sacrificaria o melhor carneiro negro de meus rebanhos. Depois de ter feito a prece e as súplicas à corte dos mortos, cortei o pescoço das vítimas sobre o buraco que abrira, e o sangue vermelho escorreu para dentro dele. Então, as almas dos mortos

* Unidade de medida usada em civilizações antigas, consiste no comprimento do antebraço, do cotovelo até a ponta do dedo médio. (N. do R.)

que haviam partido vieram em multidão do Érebo: jovens e recém-casadas, velhos que muito haviam sofrido e donzelas para quem o sofrimento era uma novidade; outros mortos em combate, guerreiros vestindo armaduras ensanguentadas. Toda essa multidão ajuntou-se em torno do poço, de todos os lados, fazendo um barulho terrível, que me fez empalidecer de medo. Eu disse, então, aos meus homens para levarem as vítimas que ali estavam mortas, esfolá-las, queimá-las e dirigir preces ao poderoso Hades e à terrível Perséfone. Eu mesmo, com a espada desembainhada, fiquei sentado imóvel e não deixei os envoltórios vazios dos mortos aproximarem-se do sangue até fazer as perguntas a Teiresias.

Esse é um exemplo básico de necromancia grega, ainda que praticantes mais poderosos adicionassem a *katabasis* ao seu repertório. Na *katabasis*, uma projeção do espírito do necromante desce até o submundo. Uma prática relacionada a essa, conhecida como *katadesmoi*, é uma das coisas mais perigosas que você pode fazer. Nela, um espírito é evocado e o necromante faz uma pergunta a ele. Como você pode imaginar, a grande maioria dos espíritos não curte muito a ideia, ou seja, poucas coisas podem dar errado tão rapidamente quanto a *katadesmoi*.

Outra coisa que você pode fazer em várias vertentes da necromancia, obviamente, é levar a *katadesmoi* às últimas consequências e colocar o espírito dentro de um corpo. Em *Três Livros de Filosofia Oculta (De Occulta Philosophia Libri Tres)*, Agrippa menciona isso, e o livro é considerado a base do ocultismo. A opinião do nosso pai sobre o assunto é bem incisiva:

A morte acontece quando a alma se separa do corpo. A criação de um zumbi se dá quando a alma e o corpo são religados através da necromancia. O corpo reanimado pode se mover, falar e até mesmo pensar, mas ainda assim não pode lutar contra a decadência física. Zumbis não duram muito tempo e, quanto mais inteligentes se tornam, mais eles sofrem da mesma perturbação que, mais cedo ou mais tarde, acomete qualquer espírito que tenha sido impedido de seguir em frente. Isso é uma regra: se os espíritos não conseguem seguir em frente, a força com que o além os chama de volta acaba os enlouquecendo.

Pois é, foi exatamente isso que aconteceu com o nosso zumbi. Uma jovem morreu em um acidente de carro, enquanto discutia com seu namorado adúltero no celular. Aí está a receita perfeita para um espírito zangado; só que desta vez a garota tinha um admirador que por acaso conhecia um pouco de necromancia grega, por ter estudado com um estimado professor de cultura clássica. Ele trouxe a garota de volta para viver um amor proibido e apenas assistiu, enquanto ela matava o namorado traidor, e depois quando ela partiu para matar a garota com quem ele a havia traído. Nós chegamos bem na hora e a enchemos de balas de prata, mas estas não a derrubaram. E aí o namoradinho necromante a irritou e ela acabou matando-o ele também.

Enquanto isso, nós estávamos tentando descobrir o que fazer com ela. Ela já havia sobrevivido às balas de prata e também havia caído em cima de uma tesoura, enquanto tentava matar sua colega de quarto. Então estávamos perdidos.

Como matar um zumbi/morto-vivo

Nós começamos a explorar as crenças e tradições que dizem respeito a todos os tipos de mortos-vivos, não apenas aos zumbis. Então, como diabos fazer para que eles fiquem em seus caixões? Eis o que encontramos: está tudo nas lendas. Elas se completam ou se contradizem. Você pode ser aconselhado a arrancar o coração, encharcá-lo de vinho e colocá-lo de volta; ou a espetar agulhas em seus pés; ou cortar a cabeça, as mãos e os pés da coisa, antes de enterrar tudo em uma encruzilhada; ou queimar o corpo e jogar as cinzas em água corrente; ou — a nossa preferida — deixar o serviço para os lobos ou cachorros selvagens, os quais irão desenterrar o morto-vivo e estraçalhá-lo. Mas essas são apenas as mais comuns.

Corte a cabeça e a coloque entre os pés

Você encontra essa em todo canto, mas a melhor história vem da saga de Grettir, da Islândia, logo depois que ele mata o *draugr* chamado Glam.

> Quando o escravo parou de murmurar as coisas que o haviam acometido, Grettir deixou-o. Ele empunhou sua espada, cortou a cabeça de Glam e a colocou entre suas coxas. Só então o fazendeiro saiu de seu esconderijo, tendo recolocado suas roupas enquanto Glam falava, mas não se aventurou a chegar mais perto, até que ele estivesse realmente morto. Thorhall deu graças a Deus e

agradeceu fervorosamente a Grettir por ter acabado com aquele espírito sujo. Então eles foram ao trabalho e queimaram o corpo de Glam até transformá-lo em cinzas frias. Depois colocaram as cinzas em uma pele de animal e enterraram tudo longe de locais habitados por homens ou animais.

Outros relatórios de casos que deram esse mesmo tipo de tratamento aos mortos-vivos têm datas tão recentes quanto 1913, o que provavelmente significa que ainda estão acontecendo.

Queime o corpo

No delta do rio Tweed, sob a jurisdição do rei da Escócia, existe uma cidade chamada Berwick. Nesse local, um homem muito rico, o qual depois descobriu-se ser um grande trapaceiro, foi enterrado e depois saiu correndo de seu túmulo (compelido, acredita-se, pelo diabo) durante a noite, zanzando para lá e para cá, perseguido por um bando de cachorros que latiam alto, e assim espalhando o terror entre os seus vizinhos, apenas voltando para seu túmulo antes do amanhecer. Depois que isso se repetiu durante muitos dias, ninguém mais arriscava colocar o pé pra fora depois do entardecer – pois todos temiam encontrar com esse monstro maligno – e as classes mais favorecidas da população realizaram uma investigação para descobrir o que precisava ser feito. Os mais simples dentre esses temiam, em caso de negligência, ser fortemente atacados por aquele milagre dos túmulos. Os mais inteligentes, no entanto, concluíram, de maneira perspicaz, que, se a situação não fosse remediada logo, a atmosfera seria infectada e corrompida pelos constantes passeios do cadáver pestilento, gerando doenças e mortes em grande escala. A necessidade de se prevenir contra aquilo era evidenciada por muitos casos semelhantes. Eles então arranjaram dez jovens, conhecidos por sua coragem, que desenterraram a terrível carcaça e, depois de esquartejá-la membro por membro, reduziram-na a comida e combustível para as chamas. Depois que isso foi feito, a comoção cessou. Além disso, foi relatado que o monstro, enquanto estava sob domínio (como dizem) do diabo, havia contado a algumas pes-

> soas com quem havia encontrado por acaso que, enquanto não queimassem seu corpo, as pessoas não teriam paz. Tendo sido ele queimado, a tranquilidade parecia ter sido restituída aos moradores. Contudo, uma peste surgiu em consequência, matando grande parte deles, ainda que nunca tivesse atingido tão furiosamente outro lugar, mesmo que, àquela época, tivesse se espalhado por todas as fronteiras da Inglaterra, como explicarei mais adiante, quando for adequado. (William de Newburgh, c. 1200).

Arranque e queime o coração

Aqui está o William de Newburgh outra vez, ainda que já tenhamos visto relatos semelhantes em umas cem outras crônicas do período medieval até quarta-feira passada.

> Ele recebeu, de fato, um enterro cristão, mesmo que não merecesse. Mas isso não o beneficiou muito: levantou-se do túmulo durante a noite, por obra do Satanás, e, perseguido por um bando de cachorros que latiam ferozmente, vagou pelos quintais e ao redor das casas, enquanto todos os homens cerravam suas portas, não ousando sair para cuidar de seus afazeres desde o início da noite até o amanhecer, por medo de se encontrarem com o monstro vagante e serem atacados por ele.
> Por isso, depois de arranjar uma pá com bordas não muito afiadas e correr até o cemitério, eles começaram a cavar. Enquanto realizavam o serviço, achando que teriam que escavar grandes profundidades, de repente expuseram o cadáver, antes que muita terra tivesse sido removida. O cadáver havia inchado e estava muito corpulento, sua face túrgida e coberta de sangue, enquanto o manto no qual havia sido enrolado parecia quase que completamente destruído. Os jovens, no entanto, impulsionados pela ira, não temeram, e desferiram um golpe na carcaça inanimada, da qual uma corrente de sangue começou a fluir imediatamente, tanto que o corpo mais parecia uma sanguessuga abastecida do sangue de diversas pessoas. Feito isso, arrastaram o cadáver para fora da vila e construíram rapidamente uma pira funerária. Então, após um deles ter dito que o corpo pestilento não queimaria se não arrancassem seu coração, o outro abriu

o cadáver pela lateral, desferindo golpes repetidos com a pá cega. Depois enfiou a mão no buraco e puxou o coração amaldiçoado, que foi cortado em pedacinhos, permitindo que o corpo queimasse nas chamas.

E um relato da revista *American Anthropologist*, de 1896, mostra que essa prática continuava firme e forte:

O corpo do irmão morto por último foi exumado, e como sangue "vivo" foi encontrado no coração e no sistema circulatório, ele foi cremado. Aquele que sofria começou a sarar imediatamente, pondo-se diante de mim como um robusto homem de 50 anos, saudável e vigoroso.

Corte a cabeça e arranque o coração

Talvez não tão drástico quanto queimar o coração. Mas uma coisa estranha sobre esses relatos é que eles tendem a não mencionar o que foi feito do coração depois. Virou comida de lobo, quem sabe? Foi jogado no rio? Não sabemos. Enfim, decapitação e cardioectomia radical foram os procedimentos usados no caso do sapateiro da Silésia, e também no caso do morto-vivo relatado pelo abade de Burton, na Inglaterra, em 1090:

Exatamente no mesmo dia em que eram sepultados, eles apareciam ao entardecer, quando o sol ainda estava no céu, carregando em seus ombros os caixões de madeira nos quais haviam sido enterrados. Durante toda a noite seguinte, caminhavam pelas estradinhas e campos da vila, ora na forma de homens que carregavam caixões de madeira, ora semelhantes a ursos, cachorros e outros animais. Eles falavam com outros camponeses, batendo nas paredes de suas casas e gritando: "Saiam rápido, saiam! Vamos lá! Venham!" Os moradores começaram a ficar doentes e a morrer, mas uma hora os corpos dos zumbis foram exumados, tiveram suas cabeças cortadas e seus corações removidos, o que pôs fim ao avanço da doença.

Crave uma estaca no coração/cabeça/estômago/boca

Essa é praticamente universal. Em geral, o cadáver deve ser empalado dentro do caixão, mas, às vezes, é suficiente enfiar a estaca no morto-vivo/vampiro e depois empurrá-lo de volta ao caixão. A madeira usada para fazer a estaca deve vir do espinheiro-branco, do carvalho ou do freixo, se possível. Alguns ciganos juram que a madeira da roseira selvagem também serve.

Na verdade, se somarmos as muitas crenças que falam sobre agulhas, facas e espinhos sendo enfiados no pé ou na cabeça do cadáver — enquanto ele está no caixão — veremos que, ao longo da história, os caçadores de vampiros chegaram a um consenso. Outras coisas podem ter funcionado em algumas ocasiões, mas nada é tão eficaz quanto uma boa e velha estaca no coração.

Então foi isso que tentamos. Usamos o Sam como isca, atraímos a garota zumbi de volta para o caixão e a empalamos dentro dele, com uma estaca de prata. Fim de papo.

Bom, não totalmente.

Outros mortos-vivos

Aqui estão exemplos de outros mortos-vivos, em grande parte, tirados do diário do nosso pai:

VRYKOLAKAS

Depois de um sepultamento não consagrado, volta para matar pessoas no cemitério ou para causar problemas na casa onde morava. Às vezes aparece como humano, em outras ocasiões como um tipo de lobisomem (ainda que em algumas versões o vrykolaka seja destruído após ser desenterrado e comido por um lobo). Pode sugar a força das pessoas quando elas estão dormindo, de maneira semelhante ao súcubo/íncubo e ao Mara.

As histórias variam muito, geralmente incorporando elementos do poltergeist. Às vezes o vrykolaka ataca e mata pessoas; outras vezes ele perturba o sono das pessoas; às vezes, só as crianças morrem; ou então ele só está esperando que os membros de sua família cumpram uma promessa para se dissipar. Há muitas coincidências nas lendas sobre vampiros e vrykolakas. Não tenho certeza se um é uma subespécie do outro, ou se confusões no legado das crenças acabaram por obscurecer as verdadeiras diferenças.

VETALA

Espíritos hostis. Eles reanimam cadáveres — os seus próprios ou os de outras pessoas — para que possam zanzar por aí. Assombram cemitérios e campos. Atacam em cemitérios e podem levar pessoas à loucura. Matam crianças, possivelmente para se alimentar, e são conhecidos por induzir abortos espontâneos. Como estão presos entre o mundo material e o mundo dos mortos, podem ser dissipados através da execução dos ritos funerários.

Observação: o exorcismo não funciona com os vetala. Eles não são demônios no sentido em que a tradição judaico-cristã entende esse ritual. Se forem pegos de bom humor, os vetala podem lhe contar o passado e fazer previsões sobre o futuro. Por esse motivo, são muito procurados por feiticeiros — na grande maioria das vezes resultando em acidentes fatais para esses feiticeiros, uma vez que, se pegos de mau humor, os vetala são letais e podem

matar, antes mesmo que você perceba a sua presença. A melhor ideia é fazer logo os ritos funerários e despachá-los de uma vez.

JIANG SHI

"Cadáver viajante". Cadáveres reanimados da tradição chinesa que matam criaturas vivas para se alimentar do seu SPIRITUS VITAE (chi). É possível que sejam restritos às rodovias, mas estou escrevendo baseado em uma história que o Bobby me contou. Nunca vi um. Espero nunca ver.

BRUXAS, ESPÍRITOS FAMILIARES E CÃES NEGROS

Há vários tipos de bruxaria, além de muitos tipos de bruxas. Mesmo assim, nós nunca esbarramos com uma bruxa que de fato voasse em uma vassoura, usasse um chapéu pontudo e tivesse um caldeirão. Temos o *bokor*, o xamã, o *houngan* — a lista continua. O que todos eles têm em comum é um tipo de uso da magia que consiste em conferir algum tipo de poder mágico a itens do mundo real. Na Europa, acredita-se que a bruxa esteja em conluio com o diabo, mas, em outras tradições, bruxas podem já nascer com seus poderes ou fazer alianças com outras forças sobrenaturais.

É comum ouvir dizer que as bruxas possuem espíritos familiares, ou seja, animais que estão ligados a elas por forças mágicas ou demoníacas. Na bruxaria europeia é ainda mais comum que esse espírito seja um gato, mas também pode ser um sapo, uma coruja, uma doninha ou um cachorro. Há até mesmo histórias de cavalos e aranhas que se comportam como espíritos familiares. Na tradição xamanista, o espírito familiar é substituído por um totem, que empresta algumas de suas qualidades aos rituais mágicos do xamã ou de sua tribo.

Bruxas que não estivessem em conluio com o diabo operavam na esfera do que é conhecido como magia popular, um tipo de zona cinza entre voos em vassouras e práticas tradicionais, como partejamento e adivinhação. O sábio — ou sábia — local, que sabia um pouco mais do que as outras pessoas sobre o tempo, as ervas ou a medicina, podia ser, ou não, praticante de magia. Isso é válido para a Europa, mas também para a África, a América do Sul e quase o resto do mundo todo.

A magia popular está em todos os cantos, e seus praticantes são, em sua maioria, inofensivos. Alguns deles, no entanto, usam suas habilidades para fins obscuros. Eles podem lançar sobre você um mau olhado, o que significa que o poder concentrado do olhar da bruxa pode causar doenças e infortúnios. Eles podem guardar algum tipo de rancor de você, e por isso, lançar um feitiço nas suas criações de animais, nas suas plantações, nos seus filhos.

Quando isso acontecia, era hora de revidar. Antídotos para magia são muito difundidos ao redor do mundo, mas, no fim das contas, eles também não passam de elementos comuns. Ervas funcionam como poderosos protetores contra muitas formas de magia e mau-olhado. (Nós colocamos uma lista delas no final do livro, compilada a partir do diário do papai e das nossas próprias pesquisas.) Há também, como já mencionamos, os feitiços verbais — como "vai se ferrar" —, que são utilizados para combater magias hostis.

Há também métodos menos evoluídos de proteger a sua casa e seus entes queridos. Um dos mais interessantes é a garrafa de bruxa, que consiste em uma garrafa de vidro ou cerâmica preenchida com — bem, você não vai querer saber com o quê, exatamente. Quase sempre com alguns pedaços de unha, alfinetes e agulhas, talvez um pouco de alecrim, um pouco de vinho; adicione a isso todas as possibilidades de fluidos corpóreos nojentos que você possa imaginar e pronto: aí está uma garrafa de bruxa tradicional. A ideia é colocar todas essas coisas dentro da garrafa — ou pedir que uma bruxa do bem faça isso por você — e depois enterrar a garrafa debaixo da soleira ou num canto da casa. Aí, se uma bruxa hostil aparecer e lançar alguma magia ruim sobre você ou sobre a casa, essa magia ficará presa na garrafa.

Há duas maneiras de se ter certeza de que a magia não vai escapulir dali. Uma das tradições diz que você deve deixar a garrafa enterrada. Na Inglaterra, pessoas ainda estão encontrando garrafas de bruxa, as quais estiveram debaixo da terra por 500 anos. De acordo com outras tradições, de vez em quando é necessário desenterrar e quebrar a garrafa, o que destruiria a magia. E em algumas ocasiões também destruiria a bruxa.

Deste lado do Atlântico, a magia popular encontra um bom exemplo naquilo que conhecemos como *hoodoo*. Você já dever ter ouvido um milhão de versões diferentes daquele *blues* antigo chamado *Got My Mojo Working*, certo? Claro que já. Bom, esse *mojo* é um tipo de amuleto, também conhecido como gris-gris — você deve se lembrar dele da nossa última viagem a Lawrence —, feito de pano e couro e recheado com vários itens, os quais, juntos, têm efeito mágico. Amuletos protetores podem ser carregados junto ao corpo ou escondidos dentro de casa. Amuletos que tenham como finalidade enfeitiçar ou amaldiçoar outra pessoa podem ser colocados ou em suas casas ou em encruzilhadas, onde a magia inata do local daria conta do resto do trabalho.

Você quer atrair dinheiro? Tudo que você precisa é uma moeda de 10 centavos americanos (só vale aquela que tem o desenho do deus mercúrio em uma das faces), raiz de batata-doce, um pouco de açúcar, um ímã e talvez um pouco de óleo preparado pelo botânico local; tudo isso vai dentro de um saquinho de flanela verde. Quer espantar o mal ou quebrar uma maldição? Para isso serão necessários: um osso de rato, um pedaço de corrente quebrada, um pouco de potentila e um crânio em miniatura — postos em um saquinho de flanela vermelha. Talvez você queira mandar uma maré de má sorte para a pessoa que roubou a sua mulher ou que te deve dinheiro. Para que isso dê certo, pegue um pouco de *goofer dust* (mais sobre isso depois), terra de encruzilhada, teias de aranha, insetos esmagados e, talvez, uma cabeça de cobra triturada. Moa todos os ingredientes e espalhe a mistura no chão, formando um X ou ondulações, num local onde você tenha certeza de que seu inimigo vai pisar. Cuspa em cima para ativar o feitiço e, assim que a vítima pisar na mistura, ela será atormentada até que você retire a maldição ou que ela descubra como fazer para escapar.

Ou o que você quer mesmo é matar alguém? Para isso, você vai precisar de um pouco de terra de cemitério, enxofre, um pouco de cabelo ou de fluidos corporais do seu inimigo, além de alfinetes, agulhas e unhas (nove de cada). Coloque tudo dentro de uma garrafa e enterre em frente à porta de entrada da casa da vítima. Depois é só relaxar e assistir ao espetáculo. Outro método consiste em colocar um pouco de terra de cemitério dentro dos sapatos de sua

vítima e, depois, jogar um punhado dessa mesma terra em cada encruzilhada entre a casa dela e o cemitério onde você "comprou" a terra.

Como isso funciona? Não sabemos. Mas funciona, e nós já vimos acontecer vezes suficientes para dizer isso com alguma certeza. Nós já vimos colares *hoodoo* em velhas. Já vimos bonecas mal--assombradas trazidas à vida pela magia de bruxas mortas. Nós já vimos amuletos enterrados em encruzilhadas no meio da noite.

E, sim, nós já vimos cães negros. Toda hora nos esquecemos de explicar os cães do inferno.

Ainda que bruxas costumem usar morcegos, gatos ou fuinhas como espíritos familiares, a associação entre cães negros e práticas profanas é muito antiga. Uma antiga lenda inglesa fala do *black shuck*, que vez ou outra aparecia na terra dos anglos e sempre trazia a desgraça. Uma de suas aparições, em 1577, foi registrada por um pastor chamado Abraham Fleming, que escreveu um relato da visita chamado "Uma maravilha estranha e terrível". Após ter causado estragos em outra igreja da área, o *black shuck* surgiu bem no meio do culto que estava sendo celebrado pelo Reverendo Fleming. Vejamos como ele descreveu a cena:

> O cão negro, ou o diabo assim disfarçado (Deus tudo sabe e a todos conhece), corria por todo o corpo da igreja de maneira muito veloz e com incrível urgência, por entre as pessoas, tendo formato e contornos bem visíveis. Ele passou por entre duas pessoas, as quais estavam de joelhos, aparentemente distraídas com suas preces, e torceu para trás os pescoços das duas em um instante, ao que, mesmo em oração, elas morreram, o que foi muito estranho.

Também é dito que cães negros costumam assombrar locais onde são realizados sacrifícios com fins de bruxaria, e vários caninos demoníacos habitam os anais do folclore europeu. Na maioria dos casos, ou eles são demônios que assumiram a forma de cachorros — um exemplo clássico é o cão do inferno que Robert Johnson mencionou em sua música, depois de ter ido à encruzilhada —, ou são presenças sobrenaturais inexplicáveis. É essa lenda que Arthur Conan Doyle pega emprestada em *O Cão dos Baskervilles (The Hound of the Baskervilles)*.

E também não é só a Inglaterra que associa cães negros ao sobrenatural. No Japão, cães negros eram sacrificados para trazer chuva. Uma superstição da Europa medieval dizia que a primeira pessoa enterrada no adro de uma igreja teria que vigiar todas as almas que viessem depois; então geralmente um cão negro era sacrificado e enterrado primeiro. Um dos mais famosos — ou infames, dependendo da sua perspectiva — mágicos da Europa medieval, Cornelius Agrippa, possuía um grande cão negro, o qual diziam ser seu espírito familiar. O sangue de um cão negro já foi considerado um talismã da sorte em algumas partes da Ásia. E bem aqui, nos Estados Unidos da América, há histórias que falam de cães negros que correm ao lado dos motoristas naquilo que um dia foi a Rota 66, e às vezes mordem seus pneus para causar acidentes.

Essas muitas variedades de cães negros podem ser tipos diferentes de manifestações. Espíritos podem tomar todos os tipos de forma, e metamorfos podem ser responsáveis pelos casos em que alguém de fato vê algo. Mas não achamos que todos eles possam ser explicados assim. Alguns deles, pelo menos, são demoníacos — o que significa que chegou a hora de falarmos sobre demônios.

DEMÔNIOS

E estes sinais seguirão aos que crerem:
Em meu nome expulsarão os demônios.

— Marcos 16:17

Uma de nossas histórias favoritas sobre demônios é a de um frade francês do século XIII, Thomas de Cantimpré. Ele conta que uma virgem da cidade de Nivelles foi à igreja no meio da noite para rezar, depois que um homem morto havia sido levado para dentro do local. Quando o diabo a viu, "ele a olhava com malícia e, ao se apoderar do corpo do morto, moveu-se primeiro dentro do caixão. A virgem se benzeu e, bravamente, gritou ao demônio: 'Deite-se! Deite-se, seu infeliz, pois você não tem poder algum sobre mim!' De repente, o diabo fez o corpo se levantar e disse: 'É verdade, mas agora eu terei poder sobre você, e vou me vingar das frequentes injúrias que já sofri por sua culpa!' Ao presenciar isso, seu coração ficou absolutamente aterrorizado, e ela então alcançou um báculo que possuía uma cruz em sua ponta e, segurando-o com as duas mãos, golpeou a cabeça do morto-vivo, derrubando-o no chão. Através de ousadia tão fiel, ela mandou o demônio para longe."

Nós teríamos adorado conhecer essa garota.

O problema com os demônios é que eles próprios se odeiam, então acabam odiando o resto das pessoas também. Ebenezer Sibly, um demonologista da Renascença, mostra os dois lados da moeda. Por um lado, Sibly comenta que demônios são o que são por causa do que fizeram. Suas formas físicas refletem o estado de seus espíritos. "Quanto às formas e inúmeros aspectos desses espíritos perversos ou demônios," diz Sibly, "acredita-se que, de acordo com o seu nível de perversidade, assim também responderão as suas formas, de maneira mágica, fazendo com que se pareçam, espiritualmente, com monstros feios e horríveis, assim como as suas conspirações contra o poder de Deus eram altas e monstruosas quando caíram do céu".

As consequências dessa queda?

> Seu tormento é inquestionavelmente grande e infinito; mas não por causa das chamas visíveis, pois seus corpos são capazes de perfurar fogo, ferro, pedra e todas as coisas terrestres. Nem todo o fogo e todo o combustível do mundo são capazes de causar-lhes algum mal, pois em um instante eles conseguem atravessá-lo.

Para colocar de um jeito diferente, o seu tormento é o tormento de alguém que está no inferno. Simples assim. O demônio que conhecemos apenas como Meg, a qual jogamos pela janela e depois exorcizamos, é um perfeito exemplo disso. Ela nos contou um pouco a respeito disso quando voltou do inferno, depois do exorcismo. Uma prisão feita de carne humana, ossos e medo — é assim que nos lembramos de sua descrição.

Há demônios de todos os tipos e tamanhos. Aquele que realmente nos interessa, aquele dos olhos amarelos, o qual vimos de relance no hospital em que o Dean quase morreu depois do acidente de carro — aquele que matou a nossa mãe e Jéssica, aquele com quem nosso pai barganhou a sua vida —, não fazemos a menor ideia de como ele é. Nós sabemos que é do alto escalão, algum figurão do mundo demoníaco. Se é o próprio Satanás? Provavelmente não. No entanto, seu lugar na cadeia demoníaca é alto o suficiente para que ele tenha vários demônios a seu dispor, realizando seus trabalhos. E ele veio atrás da nossa família. Isso basta para que desejemos apagá-lo e, quando dizemos apagá-lo, isso significa para sempre. O Demônio dos Olhos Amarelos vai ganhar uma passagem só de ida para o inferno, onde todos os tormentos mencionados por Meg serão seu café da manhã, almoço e jantar.

Nós devemos isso a ele.

Com a intenção de conhecermos o nosso inimigo, nós já fizemos infindáveis pesquisas sobre demônios. Muito do que encontramos apenas pega carona no trabalho de demonologistas antigos, e muito é apenas uma questão de observação cuidadosa. Por exemplo, você não precisa ler Jon Dee para saber que demônios fedem a enxofre. Se você já esteve perto de um, isso fica bem claro.

Enfim, aqui estão as anotações do papai sobre alguns textos proeminentes da demonologia e o que ele achou deles.

A NOVA E COMPLETA ENCICLOPÉDIA DAS CIÊNCIAS OCULTAS (CO)

Escrita por Ebenezer Sibly. É o quarto volume de uma série iniciada em 1784 e quase que inteiramente dedicada à astrologia. Ebenezer é discípulo de Swedenborg e Mesmer. Baseia-se livremente nos livros: A DESCOBERTA DA BRUXARIA, de Reginald Scot, e DE OCULTA PHILOSOPHIA* de Agrippa.

PSEUDOMONARCHIA DAEMONUM (PD)

Escrito por Johann Weyer, em 1563, com base em um livro chamado por ele de LIBER OFFICIORUM SPIRITUUM, SEU LIBER DICTUS EMPTO. SALOMONIS, DE PRINCIPIBUS ET REGIBUS DAEMONIORUM**. (Observe a referência a Salomão no subtítulo: Observações de Salomão sobre conjuração.) Weyer é estudioso de Agrippa. A

* Livro de Filosofia Oculta. (N. do R.)

** O Livro do Ofício dos Espiritos, o restante não condiz com o nome original do livro, mas simplesmente à forma que o autor mencionado se referiu a ele.

Pseudomonarchia tem muito em comum com o primeiro livro de Lemegeton, chamado GOETIA. É um longo catálogo de demônios, que inclui as variações em seus nomes, detalhes sobre a sua aparência e breves instruções sobre conjuração e abjuração. Foi traduzido para o inglês antes de 1584, por Reginald Scot, como parte de seu livro A DESCOBERTA DA BRUXARIA. É cheio de observações estranhas sobre quantas legiões cada demônio controla etc. Grande parte não é aproveitável, mas as características individuais de cada demônio ajudam a iluminar as pesquisas.

A GOETIA tem melhores diagramas e é mais interessante no que diz respeito a conjurações.

O TESTAMENTO DE SALOMÃO (TS)

Provavelmente escrito entre os séculos I e IV d.C. Narrado na voz do próprio Salomão, fala da construção do Templo e da submissão de inúmeros demônios para uso no trabalho pesado. Muitos destes não são citados em outras fontes. A história também fala sobre como Salomão se apaixonou por uma mulher jebuseia (de Shunammite?) e desejou casar-se com ela, mas foi advertido pelos padres de Moloch, que disseram que ele só a possuiria se sacrificasse cinco gafanhotos para o deus Moloch. Em um momento de fraqueza, ele o fez, afastando-se de Deus e se transformando em "motivo de piada entre ídolos e demônios."

É um dos muitos textos que caracterizam Salomão como um arquimago. A Rainha de Sabá é caracterizada como uma bruxa, ao contrário de sua descrição no Antigo Testamento. Também é interessante que o Alcorão faça menção ao fato de que Salomão construiu o Templo com a ajuda de demônios subjugados: ver suras 21, 34 e 38.

A entrada sobre Gaap na PD diz que Salomão escreveu um livro de conjurações e "misturou nele todos os nomes sagrados de Deus."

Há alguns remédios muito, muito estranhos para curar possessões demoníacas. Veja este, por exemplo, retirado de um livro chamado *O Mundo da Medicina Saxônica (Leechdoms, Wortcunning, and Starcraft of Early England)*, escrito por um sujeito chamado Cockayne. É um drinque nojento, bem autoexplicativo, feito mais ou menos assim: "*Lupinus, Stachys* roxa, erva-moura, alho-poró: triture todos os ingredientes juntos, adicione cerveja como líquido e reserve por uma noite. Adicione 50 grãos de cevada ou grãos purgativos e água-benta". Pode até ser que funcione — é o que achamos. Nenhum demônio ia querer ocupar o mesmo corpo que isso.

Há demônios de todos os tipos e tamanhos. Há milhares de demônios já nomeados nos mitos e panteões do mundo — talvez até milhões, se você realmente fizer o dever de casa e se informar sobre os hindus —, mas há também categorias. Espécies talvez, ainda que tenhamos descoberto que nunca dá muito certo aplicar conceitos do mundo natural à demonologia. Aqui estão alguns demônios que já encontramos e outros dos quais só ouvimos falar. Uma lista completa levaria uma vida inteira para ser compilada, e nós não gostamos nem de pensar quanto tempo levaria para acabar com todos eles.

No final do livro, adicionamos uma lista dos demônios mais importantes para a demonologia judaico-cristã. No entanto, fiquemos por hora com um pequeno *tour* pelos exemplos daquilo que o caçador de demônios pode ter que enfrentar.

Súcubo/ íncubo

Não é de hoje que religiosos puritanos inventam demônios femininos sensuais e letais com a intenção de fazer as pessoas temerem o sexo. Se hoje temos o homem-gancho nos alertando para os perigos de se usar carro como motel, os bretões da era medieval ou, digamos, os silesianos e venezianos tinham os alertas do súcubo. E, se trocarmos *ele* por *ela*, o íncubo estava por ali, pronto para impregná-la com sua semente demoníaca.

De acordo com alguns estudiosos e demonologistas, o súcubo e o íncubo são o mesmo demônio, só que em formas diferentes. Na forma do súcubo, o demônio colhia o esperma de suas vítimas, quase sempre matando-as no processo. Ao trocar de forma e se transformar em um macho, o demônio passava o esperma adiante. Como os demônios não podiam se reproduzir por conta própria, precisaram ser criativos.

Assim como muitas outras histórias antigas, a história do súcubo tem um notável quê de misoginia, especialmente porque muitas autoridades ligavam a figura do súcubo à primeira *femme fatale* do mundo: Lilith.

Descrita pelo judaísmo como a primeira mulher de Adão, ou como algum tipo de demônio pré-feminista, ou como ambos — algumas histórias dizem que ela deixou Adão porque não via nenhum motivo que os impedisse de trocar seus, digamos, papéis sexuais —, Lilith se transformou em um arquétipo do demônio feminino.

Em algumas correntes do folclore popular hebreu, o súcubo e o íncubo são até mesmo chamados de Lilin e Lilith. Diz-se que eles são filhos de Lilith e que morrem a uma proporção de cem por dia, como castigo por ela não ter voltado para Adão. Podem se alimentar de bebês — meninos nos oito dias entre o nascimento e a circuncisão e meninas até 20 dias após o nascimento — mas também atacam mulheres, causando infertilidade, complicações no parto e, até mesmo, abortos. Os homens vitimados pela Lilith são molestados durante a noite e têm o seu esperma utilizado na produção de crianças demoníacas.

Diz-se que um amuleto gravado com as iniciais dos três Reis Magos — Gaspar, Belchior e Baltasar — protege as crianças do Lilin e da Lilith.

Jinn

Um demônio ou espírito de origem árabe, criado por Alá do fogo que não produz fumaça. Os *jinn* foram criados antes do homem e podem sentir-se ressentidos pelo que eles enxergam como o roubo do mundo pelo homem. Em geral, são invisíveis, mas podem se manifestar em uma variedade de formas, além de enxergar coisas que normalmente não são visíveis. O lugar ocupado pelo *jinn* na religião islâmica é diferente daquele ocupado pelo demônio no cristianismo, pois o Alcorão também é pregado para eles, e não apenas para os humanos. Ainda assim, eles são muitas vezes temidos. Um tipo de *jinn* conhecido como *marid* era capaz de controlar a água, com todo o poder e a versatilidade que isso pode implicar.

Tengu

Esse demônio das montanhas japonesas é conhecido por enganar viajantes e por possuir os arrogantes e orgulhosos, os quais o *tengu* pode enlouquecer ou até mesmo matar. Eles se apossam de corpos de mulheres na tentativa de seduzir homens (há algumas nuances do súcubo aqui, cujos alvos favoritos na Idade Média eram monges). Eles também profanam templos.

Abiku

O *abiku* é um demônio do oeste africano que induz crianças a se afastarem de casa para que possa comê-las. O *abiku* não tem estômago e precisa se alimentar o tempo todo, pois nunca se sente saciado. Em outras versões, ele é capaz de se transformar em fumaça, para poder entrar nas casas e se alimentar de bebês recém-nascidos. De modo geral, em se tratando de demônios, é realmente uma porcaria ser criança. Outras mitologias estão abarrotadas de demônios que comem criancinhas: o bicho-papão, do Brasil; o *bubak*, da República Tcheca; o El Nadaha, do Egito; o *lulu-khorkhore*, do Irã; o El Cucuy, do México; o *bonhomme sept-heures*, de Quebec; o *barbaroga*, da Sérvia; o El Coco, da Espanha; o *dunganga*, da Turquia — há nomes demais para listar. O nosso palpite é de que existe um arquétipo, nesse caso, e que algum tipo de monstro sobrenatural tenha se espalhado pelo mundo, satisfazendo seu apetite por crianças. Nós encontramos um *abiku* uma vez; ele estava atacando toda uma vizinhança de imigrantes nigerianos no Queens, em Nova York. A parte em que ele se transformou em fumaça foi realmente um saco, mas nós conseguimos terminar o serviço.

Pishacha

Esses demônios são da mitologia hindu. Assombram locais utilizados para cremação, podem mudar de forma e até se tornarem invisíveis. Costumam possuir humanos com a intenção de enlouquecê-los. É óbvia a conexão com o morto-vivo *vetala*. Papai comenta o seguinte:

> Lembrou-me do demônio não nomeado no Testamento de Salomão, que rasteja "ao lado dos homens que passam por entre os túmulos; e, num momento em que se distraem, eu assumo a forma dos mortos e, se consigo pegar algum, eu rapidamente o destruo com a minha espada. Mas, se não puder destruí-lo, faço com que seja possuído por um demônio".

Acheri

Demônio que se disfarça de garotinha; da tradição popular indígena. Diz-se que os acheri habitam as montanhas e matam viajantes que se deixarem enganar pelo seu disfarce irresistível. Um jeito de se proteger contra eles é usar uma linha vermelha ao redor do pescoço (em alguns países europeus também se acredita que esse método proteja crianças pequenas contra feitiçaria).

O Demônio dos Olhos Amarelos

Nós o conhecemos basicamente por causa de seus feitos. Ele invade corpos quando bem entende. Uma vez ele possuiu o nosso pai e, quando isso aconteceu, nós aprendemos algo sobre nós mesmos. Poderíamos tê-lo matado, mas isso significaria matar o nosso pai também. No fim das contas, não valia a pena. Todas as coisas que funcionam com outros demônios não o fazem nem piscar. Quando nosso pai estava possuído por ele, nós o encharcamos de água-benta e ele nem percebeu. Ele também não deixa um rastro de fedor de enxofre por onde passa, como a maioria dos demônios menos importantes faz, nem os apotropeus comuns, como sal e selos de submissão parecem não incomodá-lo muito. Ele respeita uma evocação quando ela é executada à perfeição e quando quem a está executando tem boas maneiras, o que é típico de demônios. A nossa teoria é de que eles gostam de ser evocados, uma vez que isso os tira do inferno, e eles não querem desperdiçar a chance de tirar mais férias, por isso não saem por aí desmembrando todo conjurante que aparece. Além disso, a maioria deles gosta de conversar. Por Deus,

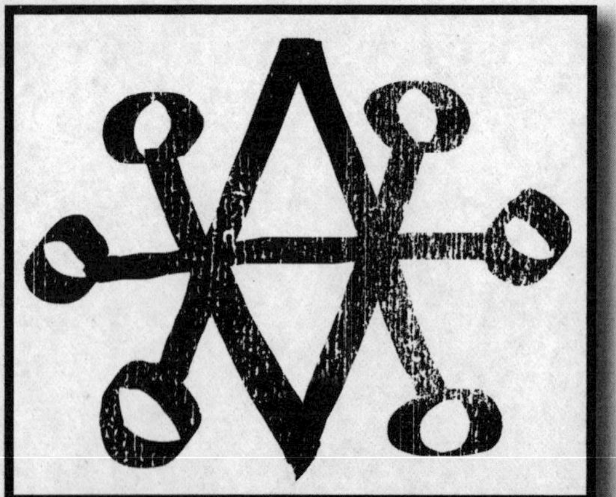

como gostam de conversar. Grande parte deles pode ser evocada pelo pentagrama padrão, acompanhado pelas velas ritualísticas apropriadas e por aí vai, mas para o Demônio dos Olhos Amarelos você precisa do selo de Azazel.

O único jeito de rastreá-lo é procurar por sinais de que ele está prestes a atacar: maior número de tempestades elétricas e outras esquisitices climáticas; variações de temperatura, doenças no gado — tudo, menos uma chuva de sapos, se é que você nos entende. O desgraçado dos Olhos Amarelos é a junção dos quatro cavaleiros do Apocalipse. O próprio planeta se rebela contra a sua presença — e foi exatamente o que aconteceu nas semanas que antecederam o incêndio na nossa casa em Lawrence.

Descobrimos que a amável e maníaca Meg (mais sobre ela muito em breve) era sua filha, e o outro demônio que apagamos com o Colt era seu filho. E então isso se transformou em uma briga de família para ambos os lados — mas perdoe-nos se não achamos que estamos em termos de igualdade.

Uma guerra se aproxima e esse Demônio está coordenando as forças do outro lado. Até aí nós sabemos. Sabemos também que algo aconteceu a Sam na noite em que a nossa mãe morreu, e que há outras crianças como ele. Quando você imaginaria que um bebê, na noite em que completava seis meses, presenciaria o assassinato de sua mãe por um demônio? Talvez isso seja mais comum do que você imagina. Nós já conhecemos cinco pessoas que passaram por isso: Max Miller, Andy Gallagher e seu irmão gêmeo Ansen Weems e Ava Wilson. Havia mais um, mas ele não está mais entre nós. Gordon Walker o matou, poucos dias antes de tentar matar o Sam também. De acordo com Gordon, as crianças do sexto mês estão destinadas a fazer parte de uma elite escolhida a dedo pelo Demônio dos Olhos Amarelos em sua guerra contra a humanidade.

A vida é dura para as crianças do sexto mês. Mais ou menos na época em que completam 22 anos, coisas estranhas começam a acontecer com elas. Elas desenvolvem habilidades. PES* é o nome que se usa para definir essas coisas, mas elas variam de acordo com o indivíduo. O Andy tem uma forte capacidade de controle mental, assim como tinha o Ansen. O Scott Carey aparentemente era pirocinético. Max Miller era telecinético. E Sam Winchester tem premonições.

Você deve ter notado que usamos o pretérito algumas vezes. Ansen Weems e Max Miller estão mortos, vítimas de seus próprios poderes, que se voltaram contra eles. E, como já mencionamos, Gordon Walker matou o Scott. Nós conseguimos salvar Andy Gallagher.

Nós não sabemos exatamente qual é o plano do Demônio. E esperamos nunca descobrir, pois isso significaria que nós rastreamos o desgraçado e o mandamos de volta para o inferno para sempre.

---

* PES: percepção extrassensorial. (N. do T.)

Demônios menos importantes que já encontramos

O primeiro demônio com o qual esbarramos, depois de reunirmos novamente a Winchester & Sons, era obcecado por derrubar aviões, que é uma coisa que eles gostam de fazer. Assombrar navios, aviões e até carros. Eles provavelmente assombravam carroças e trirremes também. Enfim, antes de descobrirmos o que era, nós fizemos um pequeno curso de reciclagem sobre EVP, ou Fenômeno da Voz Eletrônica. Esse fenômeno se dá quando coisas que não foram ditas durante a gravação acabam indo parar na fita. E era exatamente isso que estava acontecendo nesse caso, porque no gravador de voz do *cockpit* do acidente mais recente, o Britannia 2485, a voz que se ouvia estava claramente dizendo: "sem sobreviventes... sem sobreviventes..."

Só que *havia* sobreviventes desse acidente em particular, que aconteceu depois que um dos passageiros abriu a porta de emergência em pleno voo, o que é impossível de ser feito por um ser humano comum. Sete sobreviventes. Um deles, já instalado em sua nova residência em um sanatório, disse que o homem que abriu a porta de emergência tinha olhos negros.

As coisas estavam começando a fazer sentido, e tudo ficou claro quando nós demos um jeito de entrar no depósito do Conselho Nacional de Segurança dos Transportes (NTSB), onde estavam os destroços do avião, e encontramos uma grande quantidade de enxofre na trava da porta.

Demônio.

E, como a grande maioria dos problemas envolvendo demônios, esse ficou pior e mais complicado antes de melhorar. Nós descobrimos que esse demônio já havia assombrado voos antes e que sempre os derrubava 40 minutos após a decolagem. Agora, ele estava atrás dos sobreviventes do voo 2485.

O que significava que teríamos que descobrir qual deles era o próximo da lista, que no fim das contas era uma aeromoça. Pra encurtar a história, nós executamos um exorcismo completo em pleno voo, enquanto o demônio tentava derrubar o avião com a gente dentro.

O *Rituale Romanun*, cara. Nunca saia de casa sem ele. Garantimos que ele vai primeiro fazer o demônio se manifestar e depois vai atirá-lo de volta ao inferno. Aqui está, a coisa toda, no original em latim. Em geral você só precisa da primeira das três partes, mas você devia memorizar tudo, porque literalmente não há nada pior do que não conseguir exorcizar um demônio quando isso é realmente muito necessário.

OREMUS ORATIO

Deus, et Pater Domini nostri Jesu Christi, invoco nomen sanctum tuum, et clementiam tuam supplex exposco: ut adversus hunc, et omnem immundum spiritum, qui vexat hoc plasma tuum. Mihi auxilium praestare igneris. Per eumdem Dominum. Amen.

EXORCISMUS

Exorcizo te, immundissime spiritus, omnis incursio adversarii, omne phantasma, omnis legio, in nomine Domini nostri Jesu Christi eradicare, et effugare ab hoc plasmate Dei. Ipse tibi imperat, qui te de supernis caelorum in inferiora terrae demergi praecepit. Ipse tibi imperat, qui mari, ventis, et tempestatibus imperavit. Audi ergo, et time, satana, inimice fidei, hostis generis humani, mortis adductor, vitae raptor, justitiae declinator, malorum radix, fomes vitiorum, seductor hominum, proditor gentium, incitator invidiae, origo avaritiae, causa discordiae, excitator dolorum: quid stas, et resistis, cum scias. Christum Dominum vias tuas perdere? Illum metue, qui in Isaac immolatus est, in Joseph venumdatus, in agno occisus, in homine crucifixus, deinde inferni triumphator fuit. Sequentes cruces fiant in fronte obsessi. Recede ergo in nomine Patris et Filii, et Spiritus Sancti: da locum Spiritui Sancto, per hoc signum sanctae Crucis Jesu Christi Domini nostri: Qui cum Patre et eodem Spiritu Sancto vivit et regnat Deus, per omnia saecula saeculorum. Amen.

OREMUS ORATIO

Deus, conditor et defensor generis humani, qui hominem ad imaginem tuam formasti: respice super hunc famulum tuum (N), qui dolis immundi spiritus appetitur, quem vetus adversarius, antiquus hostis terrae, formidinis horrore circumvolat, et sensum mentis humanae stupore defigit, terrore conturbat, et metu trepidi timoris exagitat. Repelle, Domine, virtutem diaboli, fallacesque ejus insidias amove: procul impius tentator aufugiat: sit nominis tui signo (in fronte) famulus tuus munitus et in animo tutus et corpore (Tres cruces sequentes fiant in pectore daemoniaci). Tu pectoris hujus interna custodias. Tu viscera regas. Tu cor confirmes. In anima adversatricis potestatis tentamenta evanescant. Da, Domine, ad hanc invocationem sanctissimi nominis tui gratiam, ut, qui hucusque terrebat, territus aufugiat, et victus abscedat, tibique possit hic famulus tuus et corde firmatus et mente sincerus, debitum praebere famulatum. Per Dominum. Amen.

EXORCISMUS

Adjuro te, serpens antique, per judicem vivorum et mortuorum, per factorem tuum, per factorem mundi, per eum, qui habet potestatem mittendi te in gehennam, ut ab hoc famulo Dei (N), qui ad Ecclesiae sinum recurrit, cum metu, et exercitu furoris tui festinus discedas. Adjuro te iterum (in fronte) non mea infirmitate, sed virtute Spiritus Sancti, ut exeas ab hoc famulo Dei (N), quem omnipotens Deus ad imaginem suam fecit. Cede igitur, cede non mihi, sed ministro Christi. Illius enim te urget potestas, qui te Cruci suae subjugavit. Illius brachium contremisce, qui devictis gemitibus inferni, animas ad lucem perduxit. Sit tibi terror corpus hominis (in pectore), sit tibi formido imago Dei (in fronte). Non resistas, nec moreris discedere ab homine isto, quoniam complacuit Christo in homine habitare. Et ne contemnendum putes, dum me peccatorem nimis esse cognoscis. Imperat tibi Deus. Imperat tibi majestas Christi imperat tibi Deus Pater, imperat tibi Deus Filius, imperat tibi Deus Spiritus Sanctus. Imperat tibi sacramentum crucis. Imperat tibi fides sanctorum Apostolorum Petri et Pauli, et ceterorum Sanctorum. Imperat tibi Martyrum sanguis. Imperat tibi continentia Confessorum. Imperat tibi pia Sanctorum et Sanctarum omnium intercessio. Imperat tibi christianae fidei mysteriorum virtus. Exi ergo, transgressor. Exi, seductor, plene omni dolo et fallacia, virtutis inimice, innocentium persecutor. Da locum, dirissime, da locum, impiissime, da locum Christo, in quo nihil invenisti de operibus tuis: qui te spoliavit, qui regnum tuum destruxit, qui te victum ligavit, et vasa tua diripuit: qui te projecit in tenebras exteriores, ubi tibi cum ministris tuis erit praeparatus interitus. Sed quid truculente reniteris? Quid temerarie detrectas? Reus es omnipotenti Deo, cujus statuta transgressus es. Reus es Filio ejus Jesu Christo Domino nostro, quem tentare ausus es, et crucifigere praesumpsisti. Reus es humano generi, cui tuis persuasionibus mortis venenum propinasti.

Adjuro ergo te, draco nequissime, in nomine Agni immaculati, qui ambulavit super aspidem et basiliscum, qui conculcavit leonem et draconem, ut discedas ab hoc homine (fiat signum crucis in fronte), discedas ab Ecclesia Dei (fiat signum crucis super circumstantes): contremisce, et effuge, invocato nomine Domini illius, quem inferi tremunt: cui Virtutes caelorum, et Potestates, et Dominationes subjectae sunt: quem Cherubim et Seraphim indefessis vocibus laudant, dicentes: Sanctus, sanctus, sanctus Dominus Deus Sabaoth. Imperat tibi Verbum caro factum. Imperat tibi natus ex Virgine. Imperat tibi Jesus Nazarenus, qui te, cum discipulos ejus contemneres, elisum atque prostratum exire praecepit ab homine: quo praesente, cum te ab homine separasset, nec porcorum gregem ingredi praesumebas. Recede ergo nunc adjuratus in nomine ejus ab homine, quem ipse plasmavit. Durum est tibi velle resistere. Durum est tibi contra stimulum calcitrare. Quia quanto tardius exis, tanto magis tibi supplicium crescit, quia non homines contemnis, sed illum, qui dominatur vivorum et mortuorum, qui venturus est judicare vivos et mortuos, et saeculum per ignem. Amen.

OREMUS ORATIO

Deus caeli, Deus terrae, Deus Angelorum, Deus Archangelorum, Deus Prophetarum, Deus Apostolorum, Deus Martyrum, Deus Virginum, Deus, qui potestatem habes donare vitam post mortem, requiem post laborem: quia non est alius Deus praeter te, nec esse poterit verus, nisi tu, Creator caeli et terrae, qui verus Rex es, et cujus regni non erit finis; humiliter majestati gloriae tuae supplico, ut hunc famulum tuum de immundis spiritibus liberare digneris. Per Christum Dominum Nostrum. Amen.

EXORCISMUS

Adjuro ergo te, omnis immundissime spiritus, omne phantasma, omnis incursio satanae, in nomine Jesu Christi Nazareni, qui post lavacrum Joannis in desrtum ductus est, et te in tuis sedibus vicit: ut, quem ille de limo terrae ad honorem gloriae suae formavit, tu desinas impugnare: et in homine miserabili non humanam fragilitatem, sed imaginem omnipotentis Dei contremiscas. Cede ergo Deo qui te, et malitiam tuam in Pharaone, et in exercitu ejus per Moysen servum suum in abyssum demersit. Cede Deo qui te per fidelissimum servum suum David de rege Saule spiritualibus canticis pulsum fugavit. Cede Deo qui te in Juda Iscariote proditore damnavit. Ille enim te divinis verberibus tangit, in cujus conspectu cum tuis legionibus tremens et clamans dixisti: Quid nobis et tibi, Jesu, Fili Dei altissimi? Venisti huc ante tempus torquere nos? Ille te perpetuis flammis urget, qui in fine temporum dicturus est impiis: Discedite a me, maledicti, in ignem aeternum, qui paratus est diabolo et angelis ejus. Tibi enim, impie, et angelis tuis vermes erunt, qui numquam morientur. Tibi, et angelis tuis inexstinguibile praeparatur incendium: quia tu es princeps maledicti homicidii, tu auctor incestus, tu sacrilegorum caput, tu actionum pessimarum magister, tu haereticorum doctor, tu totius obscoenitatis inventor. Exi ergo, impie, exi, scelerate, exi cum omni fallacia tua: quia hominem templum suum esse voluit Deus. Sed quid diutius moraris hic? Da honorem Deo Patri omnipotenti, cui omne genu flectitur. Da locum Domino Jesu Christo, qui pro homine sanguinem suum sacratissimum fudit. Da locum Spiritui Sancto, qui per beatum Apostolum suum Petrum te manifeste stravit in Simone mago; qui fallaciam tuam in Anania et Saphira condemnavit; qui te in Herode rege honorem Deo non dante percussit; qui te in mago Elyma per Apostolum suum Paulum caecitatis caligine perdidit, et per eumden de Pythonissa verbo imperans exire praecepit. Discede ergo nunc, discede, seductor. Tibi eremus sedes est. Tibi habitatio serpens est: humiliare, et prosternere. Jam non est differendi tempus. Ecce enim dominator Dominus proximat cito, et ignis ardebit ante ipsum, et *praecedet, et inflammabit in circuitu inimicos ejus. Si enim hominem fefelleris, Deum non poteris irridere. Ille te ejicit, cujus oculis nihil occultum est. Ille te expellit, cujus virtuti universa subjecta sunt. Ille te excludit, qui tibi, et angelis tuis praeparavit aeternam gehennam; de cujus ore exibit gladius acutus: qui venturus est judicare vivos et mortuos, et saeculum per ignem. Amen.*

Quando tivemos que usar o *rituale* de novo, foi naquela coisinha linda chamada Meg, a qual, mesmo sendo loira e uma graça, estava possuída por um demônio completamente sádico e mais durão do que de costume. Ela era má o suficiente para conjurar e controlar *daevas*, o que definitivamente a coloca entre os grandes. O que é um *daeva*, você pergunta? Bom, há demônios e *demônios*. *Daevas* são assassinos de verdade. Nada de olhos negros, possessão e outras bobeiras. Só é possível ver a sombra deles e, quando isso acontece, você já está morto. De tradição zoroastrista*, são maus e assustadores o suficiente para que a palavra "diabo"** tenha sido derivada deles.

E, como já dissemos, Meg tinha total controle sobre eles.

O que você precisa para esse tipo de prática é um altar extremamente negro, do tipo que só vimos duas vezes na vida, do tipo que faria Anton LaVey*** acordar gritando no meio da noite. Esse tipo de altar negro é encharcado de sangue humano, parcialmente feito de ossos, possui corações humanos secos em um ofertório e tem as borlas de sua toalha feitas de cabelo humano. Com esse tipo de altar, você pode fazer necromancia do mais alto nível, e Meg certamente entendia do assunto.

Então era isso: ela possuía os *daevas* e não tinha medo de usá-los.

Nós encontramos a Meg — com quem Sam já havia esbarrado

* Zoroastrismo: religião surgida entre os séculos 628 e 551 a.C. Suas doutrinas estão em um livro sagrado chamado Zend Avesta. (N. do E.)

** Percebe-se melhor a derivação na palavra em inglês: *devil*". (N. do T.)

*** Autor e músico americano satanista. (N. do E.)

alguns meses antes, fingindo ser uma simples passageira de um ônibus que cruzava o país — por causa de um assassinato não resolvido em Chicago, em que a vítima, Meredith McDonnell, foi esquartejada e teve seu coração arrancado. Assunto dos nossos. Estávamos achando que era um lobisomem. Então demos um jeito de visitar a cena do crime, onde descobrimos que o sangue da vítima havia sido cuidadosamente pingado no chão para formar os seguintes símbolos:

Na mesma noite fizemos algumas perguntas no local onde Meredith trabalhava, o Firetop Bar, e bem na hora em que estávamos lendo um artigo de jornal que falava de outro assassinato selvagem, muito parecido com o de Meredith McDonnell, quem aparece se não a própria Meg.

Quanta coincidência. Você encontra com uma garota em um ponto de ônibus em Indiana; ela está a caminho da Califórnia. Meses depois ela está em Chicago, no mesmo bar em que você acabou de entrar. Mundo pequeno.

Talvez uma coincidência *um pouco* grande demais, ficamos imaginando, hesitantes, mas ela era uma gata, o Sam estava se sentindo solitário e o Dean estava vigiando seu irmãozinho. Resultado: quando o Sam furtivamente seguiu a sua paixonite pela noite de Chicago, ela "por coincidência" entrou em um galpão, dentro do qual havia um altar negro nojento sobre o qual repousavam dois corações humanos. Você sabe, logo depois que duas pessoas das redondezas foram mortas e tiveram os seus corações arrancados. Sobre o altar estava o mesmo selo que havíamos visto no chão da casa de Meredith McDonnell.

Um selo *daeva*.

Nós colocamos as nossas cabeças pra pensar e, quase que simultaneamente, nos demos conta de que as duas vítimas de assassinato eram nascidas em... Lawrence, Kansas.

Agora as coincidências já haviam passado dos limites, pensamos. Era hora de ter uma conversinha com Meg.

O que não foi muito de acordo com o planejado, na verdade, porque ela estava nos enganando desde o início. Ela sabia que estávamos a caminho e soltou os *daevas* atrás da gente. Antes que nos déssemos conta, já estávamos amarrados em cadeiras, servindo de isca para o nosso pai, que era o verdadeiro alvo de Meg.

Agora, vejam bem, nós podemos facilmente nos transformar em idiotas quando há garotas por perto, mas somos muito bons quando estamos amarrados em cadeiras à mercê de demônios sedentos por sangue e prontos para nos desmembrarem. Sem querer, Dean fez um barulho enquanto tentava se libertar; então Meg veio até nós para controlar a situação — apenas para se dar conta de que Sam havia se soltado. O altar negro saiu voando pelos ares e os *daevas* voaram para cima de Meg, que voou pela janela do sétimo andar.

Ainda naquela noite, nós fizemos uma reunião familiar. Era a primeira vez que nós três nos encontrávamos, desde que o Sam decidira ir para faculdade. Só que os *daevas* resolveram aparecer de penetra na festa, e nós percebemos que era hora de dar o fora de Chicago.

Nós achamos que havíamos nos livrado dela, mas acontece que não conhecíamos a Meg muito bem. Encontramos com ela de novo logo depois de ela nos ligar para avisar que havia matado dois dos melhores amigos do nosso pai, o Pastor Jim Murphy e Caleb, cujo sobrenome nós desconfiamos de que nem o papai sabia. O mundo dos caçadores é assim. Meg ameaçou continuar apagando seus amigos, se ele não lhe entregasse o Colt, e ele concordou — mas é claro que, sendo quem era, nosso pai levou uma réplica e deixou o verdadeiro com a gente, porque sabia que o demônio iria aparecer em Salvation, Iowa, naquela mesma noite. Esse era o nosso pai, o cara que levou uma arma falsificada para um ninho de demônios só pra se certificar de que teríamos uma chance contra o Grande Feiticeiro.

Quase funcionou — mas *quase* não conta quando se trata de demônios. Quando encaramos Meg cara a cara, em frente à casa de Bobby Singer, ela já havia aprisionado o nosso pai em um armazém em Jefferson City, no Missouri. No entanto, nós não sabíamos disso; tivemos que arrancar essa informação dela. Quando percebemos que jamais iria nos contar, resolvemos exorcizá-la e rezar para que a sua hospedeira humana soubesse. Nós não tínhamos a menor ideia de que o plano iria funcionar ou não, já que nunca havíamos sido possuídos e pelo, que conhecíamos da tradição, não havia como prever se o hospedeiro se lembraria ou não de qualquer coisa ocorrida durante a possessão.

Além disso, havia o agravante de que da última vez que havíamos nos encontrado com Meg, nós a havíamos jogado pela janela. E um outro demônio, o qual chamaremos de Tom — que depois descobrimos ser irmão dela —, havia atirado em sua perna para verificar se o Colt era mesmo verdadeiro, o que significa que o seu corpo humano estava com certeza sobrevivendo graças à energia demoníaca.

Para encurralar um demônio tão poderoso quanto Meg, você vai precisar de mais do que um típico pentagrama. Você vai precisar de algo como o círculo protetor da *Clavicula Salomonis*, ou Chave de Salomão. Ela se parece um pouco com isso aqui:

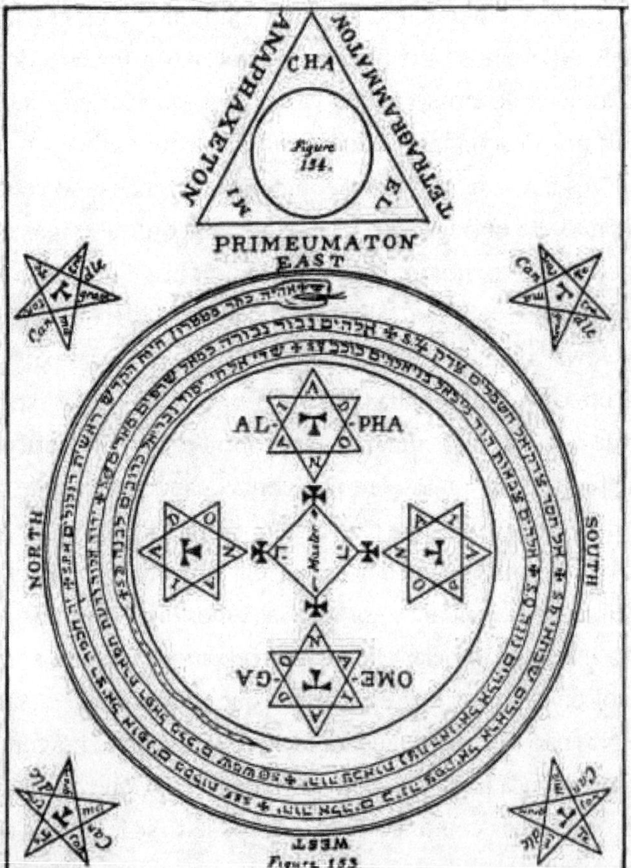

Quando você tiver um desses e o *Rituale Romanum* em mãos, você estará pronto para enfrentar o seu demônio. E foi o que fizemos — exorcizamos a Meg e a mandamos de volta para o inferno. O que ficou para trás foi uma garota à beira da morte, agonizada e agradecida por termos permitido que ela morresse, depois de tudo que havia presenciado seu corpo possuído fazer. Ninguém devia ter que passar por isso. E nós tínhamos uma parcela de culpa nessa história. Então deixamos que ela morresse.

E então rumamos para Jefferson City para salvar o nosso pai.

A Meg havia nos avisado de que o Demônio estaria lá e que ele iria querer o Colt. Ela estava certa sobre as duas coisas, como descobrimos assim que entramos de supetão no local, matamos alguns demônios e saímos correndo de lá com o papai. Duas horas depois, no meio do nada, descobrimos que o Demônio ainda não havia dado a sua última cartada. Ele havia possuído o nosso pai e agora iria nos matar, devagarzinho, para que assistíssemos à morte um do outro. Mas o Demônio não contava com a sagacidade do nosso pai, que foi, devemos admitir, o filho da mãe mais durão que já existiu. Ele conseguiu assumir o controle de seu corpo por tempo suficiente para que Sam pegasse o Colt e o acertasse na perna. Ele desabou no chão, com a magia da bala de Samuel Colt queimando dentro de si e o nosso pai agora forte o suficiente — ou seja, no seu limite — para segurá-lo dentro de seu corpo, permitindo, assim, que nós o matássemos.

Ele estava na nossa mão. Ele estava ali, preso no corpo de nosso pai, e nós poderíamos ter acabado com aquela coisa toda ali mesmo. Poderíamos ter feito essa cruzada de uma vida inteira ter valido a pena.

O único problema é que, você sabe, não podíamos. Porque ele era o nosso *pai*.

Então essa é a história de como deixamos o Demônio que está planejando uma guerra contra toda humanidade se safar. Porque algumas coisas são mais importantes. A família é mais importante.

E essa também não foi a última vez que ouvimos falar da Meg — ou do Gordon Walker. Parece que Gordon conseguiu arrancar algumas informações sobre as crianças do sexto mês de um demônio qualquer, e agora sabe que o Sam é uma delas. Então, sendo quem ele é, Gordon decidiu que um ataque preventivo seria o melhor plano de ação. O que significa que ele resolveu matar todas as crianças do sexto mês antes que elas fossem recrutadas para o tal exército do Demônio. Ele matou Scott Carey e depois tentou matar Sam, mas nós viramos a mesa e armamos para que ele fosse encontrado pelo departamento de polícia armado até os dentes nas imediações de um local onde se encontravam algumas pessoas recém-falecidas.

Por um lado, esse é um truque sujo. Mas, por outro, é um meio de sobrevivência. E a verdade é que nós nos sentimos mal por isso, só que aí lembramos que ele havia tentado matar o Sam. Quando entregamos Gordon Walker para a polícia, em uma situação muito comprometedora, nós achávamos que havíamos feito a coisa mais terrível que um caçador pode fazer com outro. Isso até o dia em que o Sam foi possuído por um demônio e matou Steve Wandell.

Nós não conhecíamos o Steve, mas sabíamos que ele era um caçador. Ele gostava de ir ao bar da Harvelle, e nós provavelmente

o conhecíamos de vista. É provável que ele tenha conhecido nosso pai, antes de ele trocar a própria vida — e o Colt — pela vida do Dean, depois daquele acidente de carro. Mas, com o Steve morto, nós tínhamos um problema. A notícia de que havia algo de errado com os Winchesters já havia se alastrado pelo mundo dos caçadores, e, se alguém ficasse sabendo que Sam havia matado Steve Wandell — mesmo que na verdade tivesse sido um demônio —, nós teríamos sido exilados. Isso se conseguíssemos nos manter vivos.

Ainda assim, a primeira coisa que precisávamos fazer era exorcizar Sam.

Depois de uma briga feia envolvendo Jo Harvelle e Dean, Sam passou para o seu próximo alvo, e foi aí que ele cometeu o seu primeiro erro. O demônio que o havia possuído ficou um pouco ansioso demais e foi atrás de Bobby Singer. Bobby, que entende do assunto como ninguém, percebeu logo de cara que havia algo de errado com Sam. Ele batizou a cerveja de Sam com um pouco de água-benta e, enquanto ele se recuperava, amarrou-o debaixo de uma armadilha do diabo. O que podemos dizer? O Bobby tem estilo.

Enfim, foi assim que as coisas acabaram ficando ainda mais complicadas.

Quando Bobby tentou exorcizar o demônio que estava possuindo Sam, nós descobrimos que os demônios haviam começado a estudar maneiras de combater os rituais de submissão. Neste caso, o demônio era Meg, que já guardava um certo rancor da gente pela maneira como a havíamos tratado um ano antes, e ela havia dado um jeito de se livrar da armadilha do diabo.

> *Spiritus immundi, ungularum suarum emittite paulatim iram. Domina, persona carnis ossisque, toti mundi, trepidationais pennarum, tu appellatus vir, veritas ET mensura. In murum somni pii, spiritus immundi, ungularum suarum emittite paulatim iram.*

Até onde conseguimos entender, essa é uma inversão de valores semelhante à que ocorre no caso da Missa Negra. Os desgraçados estão sempre tentando se equiparar a nós. Até então, nós havíamos sempre dado um jeito de nos mantermos um pouco à frente deles. Desta vez, no entanto, havia uma submissão envolvida. Algumas vezes, se um demônio está com medo de entrar em conflito com um exorcista, ele pode se prender dentro de um corpo. Em geral, o melhor jeito de fazer isso é através de uma marca no corpo ou uma cicatriz, que deve ser destruída antes que o demônio possa ser exorcizado. Mas desta vez o demônio foi mais esperto que a gente e se ligou ao corpo de Sam através de um símbolo queimado em seu braço. E, como o demônio era Meg, e nós já mencionamos quão durona ela era, e o quanto ela não estava satisfeita com o fato de ter sido mandada de volta ao inferno, as coisas não estavam parecendo muito boas para os irmãos Winchester.

Até que Bobby queimou o símbolo de submissão com um atiçador de lareira fumegante e ele desapareceu.

Então, como o exorcismo já havia acontecido, Meg teve que deixar o corpo. Gostaríamos apenas de ter terminado o serviço, para que pudéssemos ter assistido ao seu retorno para o inferno de onde tinha vindo. O inferno que havia trazido consigo e imposto a Sam e Steve Wandell.

Ceifador

A outra vez que nos deparamos com um altar negro foi quando a esposa de um pastor viajante estava usando um para dominar um ceifador. E isso é necromancia das boas, além de que o último lugar que esperávamos encontrar esse tipo de coisa era atrás de uma tenda, em uma cerimônia de avivamento. Esse feitiço de submissão envolvia um pequeno frasco de sangue humano embutido em uma cruz cóptica, além de todo o altar negro escondido atrás daquela fachada religiosa. Quando o frasco quebrou, o ceifador veio atrás da mulher do pastor, restabelecendo o equilíbrio que ela havia rompido quando o dominou. O ponto central da necromancia é a criação desse tipo de desequilíbrio. E, quando qualquer coisa que tenha sido submetida através de necromancia consegue se libertar, a primeira

coisa que ela faz é tirar a vida do necromante como parte desse processo de restauração do equilíbrio. Nesse caso, o ceifador tirou a vida da esposa do pastor e as coisas ficaram por isso mesmo.

Ceifadores não são demônios — até onde sabemos, eles não tomam partido nessa história do bem *versus* mal —, eles são apenas a personificação da morte, e operam do mesmo modo que psicopompos. Nosso pai escreveu um pouco sobre psicopompos em seu diário:

Psicopompo. Termo usado para definir um deus ou uma entidade que guia as almas para o mundo dos mortos. Na Grécia, Hermes. Na mitologia nórdica, as Valquírias. No Egito, Anúbis. Segundo as raízes africanas da tradição vodu, seu nome era Guédé. Na Irlanda, Ankou. Na maioria das tradições xamanistas, o xamã atua como uma espécie de psicopompo, tanto no início da vida quanto no final. Ele ou ela está sempre presente nos partos, para apressar a criança a entrar no mundo; e na morte, para acompanhar a alma em sua viagem. As lendas medievais sobre a Morte que carregava uma foice talvez estejam conectadas à prática existente em alguns países europeus de cortar ou enterrar o morto usando uma foice. Os verdadeiros ceifadores são entidades puramente psíquicas, capazes de controlar o tempo e a percepção. Eles podem afetar a maneira como um humano vê as coisas ao seu redor e até mesmo mudar a sua aparência, em geral para facilitar a passagem da vida para a morte. É difícil dizer com certeza sob que forma o ceifador aparece, mas a maioria dos relatos sugere que as pessoas normais e vivas costumam vê-lo como uma figura espectral, vestindo lençóis esfrangalhados ou uma mortalha.

Gostaríamos de adicionar apenas que podemos confirmar a afirmação de que o ceifador é um excelente ilusionista. Quando estava à beira da morte, depois do encontro com o Demônio e do acidente de carro, o Dean teve uma longa conversa com um ceifador que se parecia muito com a Meg Tilly — no tempo em que Meg Tilly era atraente.

Ouvimos falar até mesmo que o Peter Pan é um tipo de psicopompo, porque está escrito no livro que, quando uma criança morre, ele a leva até a metade do caminho, para que ela não fique com medo. Meu Deus, que jeito de estragar uma excelente historinha infantil.

Goofer dust

A tradição *hoodoo* também nos deu um dos melhores amuletos contra bruxaria que conhecemos. Observada nas populações afro-americanas do sul, a prática é a seguinte: caso veja uma bruxa, tudo o que você precisa fazer para não ser enfeitiçado é repetir baixinho "vai se ferrar", até que ela vá embora. Nós fazemos isso constantemente, praticamente o dia inteiro, só por precaução, caso haja uma bruxa por perto.

APÊNDICE A
Ervas, óleos e amuletos hoodoos

Aqui está uma lista, ou uma espécie de glossário, de várias ervas sagradas e outros materiais usados em diferentes tradições de magia; do antigo Egito, passando pela Europa medieval e chegando aos praticantes de magia de hoje. Esteja avisado: essas coisas realmente funcionam.

AGRIMÔNIA: Poderosa erva de defesa que não apenas previne feitiços e repele espíritos ruins, como também faz o feitiço se voltar contra o feiticeiro. Além disso, a agrimônia pode ser usada em poções para induzir a um sono profundo, quase indistinguível da morte.

ALCAÇUZ: Usado pelos egípcios como um afrodisíaco, a raiz de alcaçuz ainda é um ingrediente comum em magias poderosas relacionadas ao amor e ao poder.

ALCARAVIA: Acredita-se que seja uma poderosa erva protetora, especialmente contra Lilith e outros espíritos de natureza sexual. Também é frequentemente usada em feitiços e encantamentos para seduzir um amante. Uma tradição paralela diz que qualquer objeto — uma carteira ou uma bolsa, por exemplo — que contenha a alcaravia jamais será roubado.

ALECRIM: Versátil e útil em diversos contextos mágicos, o alecrim estimula a cicatrização e a purificação. Usado em amuletos e feitiços, ele exerce um leve poder de submissão. Pode ser usado para atrair fadas e elfos. Queimado junto com carvão, o alecrim permite acesso a conhecimentos ocultos.

ALFAFA: Tradicionalmente usada em conjunto com outras ervas para trazer boa sorte. Não é muito poderosa sozinha, mas muito útil quando adicionada a feitiços e amuletos para afastar a pobreza e a falta de sorte. Na tradição celta, é costume queimar a alfafa e espalhar as cinzas ao redor da casa como proteção contra a pobreza e a fome.

ALFARROBA: As favas dessas plantas são muito usadas em amuletos para atrair riquezas, mas seus usos mais esotéricos incluem queimá-la na forma de incenso para repelir *poltergeists* ou — quando usada por uma bruxa — para atrair um espírito familiar.

ALGA MARINHA: Usada para proteção e conjurações envolvendo marinheiros, viagens e espíritos marinhos. Em áreas costeiras, é usada para conjurar espíritos e conduzir sessões espíritas com os fantasmas de marinheiros afogados.

ALHO: Muito antes de ser usado para afugentar vampiros, o alho já fazia parte de rituais gregos, sendo colocado sobre marcos de pedra em encruzilhadas como sacrifício para a deusa Hécate. Uma lenda islâmica diz que o alho brotou pela primeira vez na pegada do pé esquerdo do diabo, quando ele deixou o Jardim do Éden. (A primeira cebola teria nascido na pegada do pé direito.) Soldados da época do Império Romano até o período medieval comiam alho antes das batalhas para protegê-los e dar-lhes coragem. Quando pendurado na porta de casa, o alho não apenas espanta o mal, mas também impede que pessoas invejosas entrem. É um poderoso ingrediente protetor, usado em amuletos em quase todas as culturas.

AMARANTO: É conhecido por seu potencial protetor e por seu uso na evocação de espíritos. Um ramo inteiro da planta, arrancado pela raiz no período de lua cheia, pode ser usado debaixo da camisa como proteção contra agressões físicas. As flores secas podem ser usadas para chamar os mortos.

AMORA-SILVESTRE: Considerada sagrada por inúmeras entidades pagãs, a amora-silvestre é uma poderosa planta protetora. É comumente usada em conjunto com a hera e a sorveira na fabricação de guirlandas, as quais, se penduradas na porta, ajudam a espantar o mal. Diz-se que se um espinheiro de amora-silvestre cresce naturalmente em forma de arco, ele pode ser um portal para o reino das fadas, ou um poderoso local curativo. Várias doenças podem ser curadas, se o doente engatinhar por debaixo do arco, tanto para a frente quanto para trás.

ANGÉLICA: Também conhecida como raiz-do-espírito-santo, a raiz da angélica é muito poderosa nas funções protetoras. Salpicada nos quatro cantos da casa, ela protege contra o mal e é um talismã poderoso, se for carregada junto ao corpo da pessoa. Usada no início e no fim de rituais, possui o efeito de bênção. Também é associada com boa sorte, especialmente em algumas tradições indígenas da América do Norte, nas quais eram usadas para trazer sorte no jogo. Misturar as folhas no fumo pode causar visões.

ANIS-ESTRELADO: Usado em rituais de purificação e na consagração e proteção de locais sagrados para o budismo e o xintoísmo, o anis-estrelado também é conhecido na tradição ocidental pelo seu poder de afastar o mau-olhado e proteger de pesadelos. Queimadas na forma de incenso, as sementes dessa planta podem aumentar a consciência psíquica.

ARRUDA: Considerada uma poderosa erva para repelir mágicas desde o tempo de Hipócrates e outros médicos gregos, a arruda é usada como proteção contra a magia negra e também incorporada a rituais de consagração. Também é considerada uma defesa contra bruxaria e pode trazer poderes de clarividência.

ASSA-FÉTIDA: Também conhecida como esterco do diabo e goma fedorenta por causa de seu odor, a assa-fétida é um protetor muito poderoso. Quando queimada, ela afasta o mal e dispersa espíritos. Pode ser usada em diversos rituais de exorcismo. Diz-se também que atrai lobos.

AVELEIRA: Na tradição celta, a aveleira é a árvore da sabedoria e da inspiração. Seus galhos são comumente usados na radiestesia ou amarrados em formato de cruz para proteção e reconciliação. Diz-se que avelãs trazem sabedoria e visões.

BÁLSAMO DE GILEADE: Também conhecido como bálsamo-de-meca. É uma goma resinosa extraída do álamo. Conhecida por suas propriedades protetoras e curativas desde os tempos da Bíblia.

BARBASCO: Tradicionalmente usado como pavio na lamparina de um feiticeiro ou de uma bruxa, o barbasco tem uma conexão profunda, tanto com a magia branca quanto com a magia negra. Na Índia, é considerada a mais potente erva protetora e pode ser substituída por terra de cemitério em amuletos *hoodoos*. Várias técnicas populares de adivinhação utilizam o barbasco para profetizar amor e boa sorte; também pode ser usado para dispersar demônios.

BARDANA: Durante a Idade Média, os cavaleiros costumavam levar para a batalha um raminho de bardana. Acreditava-se que a erva protegia e acelerava a cicatrização, principalmente de ferimentos nos pés. Pendurado no pescoço, um amuleto feito com raiz de bardana colhida durante a lua minguante irá afastar más influências.

BELADONA: Além de ser usada na oftalmologia como dilatador de pupilas, a beladona possui inúmeras propriedades mágicas. É muito difícil de ser manuseada, podendo causar intoxicação, se não for usada em quantidades pequeníssimas. No entanto, quando cuidadosamente administrada, pode ser usada para facilitar a bilocação, a projeção astral e as visões. A beladona é comumente usada em ritos funerários para facilitar a passagem da alma de um mundo para o outro. Também é conhecida como erva-moura, e algumas lendas sugerem que a sua aplicação pode prevenir que uma pessoa mordida por um lobisomem se transforme em um.

BENJOIM: Outra erva usada primordialmente como um intensificador. Particularmente famosa pelo uso combinado com a canela; quando queimadas juntas, essas ervas trazem sucesso material. É muito perigosa se usada para aumentar o poder de uma maldição ou feitiço negativo. Se misturado e queimado junto com dictamno de Creta, sândalo e baunilha, o benjoim forma um poderoso auxílio para projeções astrais.

BÉRBERIS: É uma erva perigosa, mais apropriada para a magia negra do que para usos benignos. Se for salpicada ao redor de uma casa, provocará brigas e ressentimento. Esse efeito pode ser revertido se a bérberis for misturada com folhas de louro e patchuli, mas isso força a erva a operar contra a sua natureza, podendo ser uma empreitada arriscada.

BERGAMOTA: As folhas, se esfregadas no dinheiro, garantirão que ele será bem gasto. Dizem que, se colocadas dentro da carteira, elas atraem dinheiro. A bergamota também é conhecida por aumentar a intuição e pode ser usada em várias combinações para induzir sonhos proféticos.

BETÔNICA: Usada em rituais druidas de inúmeras maneiras. No solstício de verão, era usada nas fogueiras, e aqueles que pulassem através da fumaça estariam purificados de influências malévolas. Em sua forma seca, pode ser colocada debaixo do travesseiro para assegurar um sono tranquilo e espantar pesadelos.

BISTORTA: Quando usada em conjunto com junípero e pimenta jamaicana, a bistorta atrai dinheiro. Também é usada para ajudar casais que estão tentando conceber um filho.

CACAU: Era tido como a comida dos deuses pelos astecas e muito usado em poções e feitiços para atrair um amor ou afastar influências malignas. Também é usado para acalmar espíritos zangados ou irrequietos, além de ser o elemento base nas sessões espíritas latino-americanas.

CÁLAMO: Comumente usado como um elemento de submissão em amuletos ou feitiços, o cálamo sozinho pode ser usado para controlar um indivíduo. Se for cultivado em um jardim, ele trará sorte para o jardineiro e favorecerá o crescimento das plantas ao seu redor.

CALÊNDULA: Também conhecida como malmequer, a calêndula pode ser usada de muitas maneiras. Em alguns rituais, diz-se que fornece o conhecimento da língua dos pássaros. Queimadas na forma de incenso, as pétalas consagram objetos que serão usados em rituais divinatórios. A calêndula também pode ser usada em rituais para a obtenção de clarividência e para a comunicação com os mortos.

CAMOMILA: Tradicionalmente usada para afastar olho gordo e quebrar maldições, a camomila funciona também como um sutil — porém poderoso — agente em vários rituais de amor e prosperidade. É usada com frequência na preparação da mente e do corpo para rituais mágicos, uma vez que proporciona relaxamento e concentração.

CANELA: Parte importante de feitiços que envolvem poderes psíquicos e submissão, a canela atua como um excelente protetor, quando queimada junto com sândalo, olíbano e mirra. Também é um ingrediente muito usado em feitiços e amuletos cuja intenção é atrair o amor e o desejo dos homens.

CÂNFORA: Comumente usada em rituais de purificação, a cânfora também é frequentemente usada em feitiços para dar fim a relacionamentos amorosos indesejados ou para abrandar o desejo.

CAPIM-LIMÃO: Um ótimo auxílio no desenvolvimento de poderes psíquicos, o capim-limão também é poderoso quando usado em fórmulas desenvolvidas para causar problemas e falta de sorte na vida do alvo escolhido.

CARDAMOMO: Ainda que digam que ele por si só possui propriedades poderosas no que diz respeito ao amor e ao desejo, o cardamomo é mais comumente usado como catalisador do efeito de outras ervas em feitiços ligados ao sexo e ao amor.

CEDRO: A fumaça do cedro é um dos ingredientes básicos em rituais psíquicos e também é usada para prevenir pesadelos.

CICUTA: Responsável pela morte de Sócrates*, a cicuta tem a curiosa propriedade de reverter o poder de qualquer mistura à qual seja adicionada. É muito mais potente em magias do mal do que em magias do bem, além de tornar muitas maldições mais poderosas.

COMINHO: Misturado com sal, o cominho é parte integrante de um amuleto colocado dentro de casa para afastar o mal e a falta de sorte. Também é usado para ajudar na submissão em feitiços que necessitem de sutileza, ao invés da pura força mágica.

* Sócrates (c. 470 a.C. - 339 a.C.), antigo pensador grego cuja filosofia moral revolucionou o pensamento ocidental. Nada escreveu, sendo que seus ensinamentos são conhecidos por meio de seus discípulos, especialmente Platão, que registrou os pensamentos de seu mentor em célebres diálogos. (N. do E.)

CORRIOLA: Eficiente tanto em rituais protetores quanto em rituais agressivos, a corriola confunde as intenções de seu alvo. Dependendo das outras ervas usadas no feitiço, pode ser usada para controlar ou frustrar as intenções do outro. Não deve ser ingerida, uma vez que é um poderoso laxante/purgante.

CRAVO-DA-ÍNDIA: Comumente usado para dar mais força a uma maldição, o cravo-da-índia também é um poderoso catalisador em exorcismos e purificações. Além disso, pode ser usado junto ao corpo para garantir proteção contra espíritos do mal e, em muitas tradições, é colocado nos berços dos bebês para protegê-los.

DAMIANA: Principalmente nas tradições latino-americanas derivadas do conhecimento maia e asteca, a damiana é usada como um afrodisíaco e como um componente em magias ligadas ao sexo. Também é importante em rituais que pretendem causar vislumbres.

DENTE-DE-LEÃO: Suas folhas e raízes, quando secas, podem ser usadas num chá que ajuda na evocação de espíritos e aumenta a habilidade psíquica. O paganismo celta fazia uso do dente-de-leão para a adivinhação durante os rituais do *Samhain*.

ECHINACEA: Além de possuir propriedades curativas e protetoras, a *echinacea* era usada em várias tradições de tribos indígenas norte-americanas como oferenda para os espíritos, que em troca fortaleciam o poder mágico do xamã.

ERVA-DE-GATO: Antigamente, era mastigada por guerreiros antes de batalhas, para aumentar sua ferocidade. A erva-de-gato é usada para auxiliar na criação de um laço entre uma bruxa e um gato usado como espírito familiar, sendo conhecida também por aumentar a intensidade das habilidades psíquicas. Além disso, as folhas secas podem ser queimadas em rituais relacionados a amor/sexo.

ERVA-DE-SÃO-CRISTÓVÃO: Quando usada pelo homem, essa erva pode ser um poderoso feitiço para criar ou destruir um amor. Se for queimada juntamente com objetos pessoais de uma pessoa, a raiz exerce sobre ela uma poderosa ação repelente; sua função oposta consiste em atrair o amor quando misturada com raiz de lentisco.

ERVA-DE-SÃO-JOÃO: Sagrada para os druidas, a erva-de-são-joão repele demônios e espíritos do mal, que não suportam o seu cheiro. Carregá-la junto ao corpo garante proteção contra a possibilidade de ser enganado por fadas ou espíritos.

ERVA-DOCE/ANIS: Eleva as vibrações do indivíduo ao mais alto nível psíquico. Boa para causar mudanças de atitude (retomar a concentração), para viagens astrais, sonhos, adivinhação em cristais e meditação. Diz-se que, se colocada debaixo do travesseiro, afasta pesadelos. Também é usada para ajudar na clarividência, na adivinhação e em exercícios mentais. O licor de anis é usado durante rituais de vodu para ungir a cabeça.

ERVA-MATE: Uma poderosa planta usada em rituais, a erva-mate espanta a falta de sorte e o mal, incluindo raios. Ferramentas e utensílios mágicos feitos com sua madeira ganharão força.

ESPINHEIRO-ALVAR: Seu uso em rituais de proteção e purificação é bastante antigo. Para os romanos, o espinheiro-alvar simbolizava o casamento. Eles também o colocavam em berços para proteger os bebês de espíritos do mal. Os gregos acreditavam que ele trazia boa sorte, mas na Europa ele foi associado à bruxaria e considerado azarento por causa disso — e talvez também por causa da crença de que a coroa de espinhos usada na crucificação de Cristo tenha sido feita do espinheiro-alvar. Nas Ilhas Britânicas, diz-se que, se no mesmo local crescem o carvalho, o freixo e o espinheiro-alvar, tal local será habitado por fadas.

FENACHO: Os egípcios colocavam o fenacho nos sarcófagos de alguns faraós, inclusive no de Tutancâmon. É associado com sorte e sucesso.

FIGUEIRA: Sagrada para Dionísio e Juno, dentre outros, a figueira também é usada em rituais no feriado celta chamado Beltane. Além disso, é parte importantíssima de rituais de adivinhação em praticamente todas as culturas em que é conhecida.

FLOR-DE-SÃO-JOÃO: A tradição popular conta que João Batista usou um cinto feito com essa planta durante os seus 40 dias no deserto. Desde então, a erva ficou conhecida por ser poderosa no auxílio da divinação, conjuração e previsão do futuro. Quando queimada junto com sândalo ou absinto, ela se transforma num componente importante para rituais de adivinhação através de cristais. Pode também ser ingerida na forma de chá — em geral com um pouco de mel, que funciona como um agente de ligação — para aumentar o poder de rituais de adivinhação.

FOLHA DE BUCHU: Originário da África meridional, o buchu já foi incorporado a vários rituais de divinação nova-iorquinos. Queimado junto com olíbano, o buchu pode trazer sonhos proféticos; já em forma de infusão, pode fortalecer os poderes de clarividência.

FOLHA DE CONFREI: Ingrediente importante em feitiços para a proteção de viajantes, a folha de confrei também é usada em rituais de projeção espiritual.

FUNCHO: Sagrado, tanto para a tradição anglo-saxã quanto para a Cabala, o funcho faz parte de rituais de meditação e de contrafeitiços que ajudam a afastar maldições. Na Idade Média, era usado em conjunto com a erva-de-são-joão em rituais no solstício de verão, para prevenir a bruxaria e afastar espíritos do mal. O funcho é, de certa forma, imprevisível, podendo evitar possessões e ao mesmo tempo distorcer a função de outras ervas e processos mágicos.

GALANGA: Também conhecida como gengibre azul, essa raiz é útil para operar mudanças quando a situação sugere que uma interferência sutil trará mais sucesso do que uma ação direta. É uma erva difícil e traiçoeira, mas, se usada corretamente, atua como um poderoso contrafeitiço e protege a saúde. É conhecida na tradição *hoodoo* por atrair dinheiro, se colocada em um sachê de couro que também contenha prata.

GENGIBRE: Se ingerido antes de um ritual mágico, o gengibre aumenta o poder do feitiço. É particularmente efetivo como catalisador em feitiços de amor e, em algumas culturas do pacífico, é usado por marinheiros para prevenção de doenças e para prenunciar o tempo ruim.

GIESTEIRA-DAS-VASSOURAS: Também conhecida como cabeça de vassoura, era parte importante de rituais druidas de magia com ervas. Pode ser fervida em água salgada, e a combinação do sal com as propriedades da própria erva afastará espíritos e dissipará *poltergeists*. Lançada ao ar, pode atiçar os ventos; queimada, pode acalmá-los.

GINSENG: O nome deriva da palavra *jinchen*, que significa "como um homem", uma referência ao formato da raiz. Assim como outras ervas que ficaram famosas por sua semelhança com alguma parte do corpo — como a mandrágora e a raiz de batata-doce — o ginseng é comumente usado em magias ligadas ao sexo e à saúde, ainda que também tenha sido incorporado a rituais para quebrar maldições.

GOOFER DUST: Ingrediente básico das práticas *hoodoos*, esse pó quase sempre contém um pouco de terra de cemitério, mas os outros ingredientes dependem do tipo de feitiço no qual você pretende usá-lo. Cabeça de cobra seca e moída é outro ingrediente comum. Em alguns casos, usa-se cabeça de lagartixa. Sal e pimenta também são típicos, especialmente se o pó será usado para proteção e não para ataque.

HELÊNIO: Recebeu esse nome, pois os gregos acreditavam que Helena de Troia havia carregado muitos espécimes dessa planta quando foi abduzida por Páris. O helênio é um poderoso elemento em feitiços de amor e ainda aumenta a potência de rituais de adivinhação.

HIBISCO: Útil como afrodisíaco e em feitiços de amor. Também é usado para induzir sonhos e aumentar habilidades psíquica e de adivinhação.

IPOMEIA: Reverenciada pelos astecas e por outras culturas mesoamericanas pelo seu poder de tanto prevenir pesadelos quanto induzir estados psíquicos visionários. Apesar do alto teor de toxicidade, a ipomeia é largamente usada pelos praticantes mais corajosos de magia envolvendo ervas.

IÚCA: Tribos nativas norte-americanas usavam uma argola feita com as fibras retorcidas da iúca como um portal mágico em seus rituais. Ao saltar por dentro da argola, o indivíduo se transformaria em um animal. Uma prática mágica semelhante consistia em usar uma coroa de iúca na cabeça, como um talismã permanente, o qual permitia que seu portador assumisse uma forma animal.

JUNÍPERO: Usado no Mediterrâneo desde o início dos tempos, o junípero está associado com proteção, exorcismo e (através de uma associação posterior com Júpiter) com a potência sexual masculina. É uma erva poderosa e funciona rápido, não sendo útil em magias mais sutis.

LILÁS: Uma planta que emana pureza e serenidade, o lilás auxilia na clarividência e na tomada de consciência de vidas passadas. Combinada com outras ervas ou posta em sachês, ela garante que as qualidades boas dos componentes suplantem as qualidades ruins.

LOBÉLIA: Um veneno que, assim como outros, deve ser usado com muita cautela. A lobélia pode transformar um simples feitiço ofensivo ou irritante em algo letal.

LOURO: Diz-se que as visões do oráculo de Delfos foram produto da mastigação de folhas de louro. Elas também podem induzir visões quando queimadas e, se colocadas debaixo do travesseiro, podem trazer sonhos proféticos. Em poções, as folhas de louro podem trazer um tipo de clarividência e, quando mantidas junto ao corpo da pessoa, elas protegem contra o mal — ainda que em algumas tradições isso seja invertido, e o poder do louro seja então usado para amaldiçoar os outros.

LÚPULO: Comumente usado em chás para recuperar o equilíbrio após a execução de algum tipo de magia.

MANJERICÃO: Usado em vários rituais e sachês para purificação, proteção e aumento da harmonia e do bem-estar. Salpicado sobre o(a) parceiro(a) durante o sono, garantirá a fidelidade de ambos e o interesse sexual. Universalmente usado em feitiços de amor e prosperidade. O manjericão pode ser queimado na forma de incenso em alguns rituais de exorcismo e, quando salpicado no chão, oferece alguma proteção contra a presença física do mal.

MARROIO: Chamado de "semente de Hórus" no Egito Antigo, o marroio é um forte protetor contra a feitiçaria. Se for triturado e espalhado durante um ritual de exorcismo, ele aumenta as chances de sucesso e pode ainda proteger o exorcista.

MILEFÓLIO: As flores dessa planta dispersam influências negativas e auxiliam na adivinhação, enquanto os galhos vêm sendo usados em rituais de adivinhação ao longo da história. O caule do milefólio é a maneira mais ortodoxa de consultar o I Ching, além de ser usado em muitos outros métodos de previsão do futuro. Conhecido também como urtiga-do-diabo, o milefólio pode ser usado em conjurações e divinações envolvendo trocas com o demônio.

MIRICA:Tradicionalmente usada na fabricação de velas, a mirica funciona como um poderoso catalisador da energia mágica de outras ervas — geralmente com finalidade negativa. Pode ser usada para causar depressão e para forçar a cobrança de débitos. Pode ser usada ainda para atrair um amor do sexo masculino, ainda que a complexidade mágica da mirica torne o discernimento dos amantes questionável.

MIRRA: Citada na Bíblia como sendo sagrada e usada em rituais de purificação no Oriente Médio e na Europa, a mirra realça o poder de qualquer incenso. A fumaça que emana da mirra também é usada para a consagração de utensílios e recipientes sagrados.

MIRTILO: Ingerido ou usado em um amuleto ou sachê, o mirtilo é uma proteção extremamente potente contra traições e fraudes. A pessoa que come muito mirtilo aumenta a sua capacidade de resistir a violências e investidas psíquicas. Se colocado perto da porta de uma residência, manterá visitantes indesejados afastados.

MORSO-DIABÓLICO: Comumente substituído pela galanga, na magia *hoodoo* o morso-diabólico confere maior poder e controle a qualquer feitiço em que seja usado, seja envolvendo exorcismo, amor ou proteção.

MUSGO-ESPANHOL: Em locais onde é nativo, o musgo-espanhol é parte importante de rituais para banir *poltergeists* e trazer boa sorte para a casa. Em geral, tradições locais que usam o musgo-espanhol também fazem o uso de garrafas de bruxa para aprisionar e desarmar encantamentos hostis.

ÓLEO DE ABRAMELIN: Mencionado pela primeira vez no livro de demonologia chamado *A Magia Sagrada de AbraMelin, o Mago (The Book of the Sacred Magic of Abramelin the Mage)*. É de extrema importância para a proteção do conjurante em rituais satânicos e consiste em uma infusão de óleo com canela, mirra e galanga.

ÓLEO DE GÁLBANO: Um grimório do século XVI, conhecido como *Liber Juratus*, faz referência a esse óleo, uma infusão simples feita com resina de gálbano. De acordo com o *Juratus*, ele é usado em rituais que intencionam contatar tanto anjos quanto espíritos.

ÓLEO DE UNÇÃO: A tradição bíblica da unção com óleo surgiu de um óleo específico mencionado no Êxodo: 30, composto de canela, cálamo, cássia e mirra, numa infusão em azeite de oliva. É um óleo extremamente importante na realização de alguns rituais de proteção.

ÓLEO MADJET: Conhecido por causa de uma inscrição no Templo de Hórus, em Edfu, esse óleo tinha como objetivo reconstituir os corpos dos mortos após a morte. Seus principais ingredientes são canela, mirra, pinho, resina e capim-limão. Historicamente aplicado à estátua do deus, hoje também é útil em vários rituais para contatar os mortos.

OLÍBANO: Usado como oferenda em rituais de adivinhação ao logo do tempo e em diversas culturas, o olíbano também faz parte de inúmeros rituais de exorcismo e proteção. Em geral, ele oferece uma base estável à qual outros elementos podem ser combinados na fabricação de um incenso. Quando queimado junto com mirra — seu equivalente feminino —, o olíbano confere equilíbrio a feitiços e rituais.

PIMENTA-DE-CAIENA: Um dos mais poderosos catalisadores do mundo das ervas, especialmente quando usada em feitiços que têm como intenção controlar um indivíduo, a pimenta-de-caiena é igualmente útil na criação e na destruição de maldições. Também é um poderoso ingrediente em contrafeitiços e pode fazer com que um feitiço se torne contra aquele que o lançou.

PIMENTA JAMAICANA: Assim como a alfafa, funciona mais como catalisador do que por contra própria. É comumente usada em feitiços que envolvam dinheiro e sorte. A pimenta jamaicana tem uma ligação interessante com a criatividade e é usada em algumas tradições para aguçar a inspiração artística e as ideias.

PIMENTA-LONGA: Nativa da Indonésia, a pimenta-longa era usada em rituais medievais para repelir demônios, em particular o íncubo. Essa propriedade antissexual é invertida na tradição *hoodoo*, que costuma usar as bagas em magias de amor.

PODAGRÁRIA: Suas folhas, quando colhidas no momento certo e no local certo, protegem a casa de bruxas. É usada na adivinhação, mas sua mágica é ambivalente, uma vez que é associada à bruxaria. Além disso, passar debaixo de um galho dessa planta pode chamar a atenção de forças malignas.

POTENTILHA: Também conhecida como cinco-em-rama, essa erva é usada para proteção contra maldições, mas, quando misturada com fuligem, sua influência muda e ela se transforma em um poderoso agente de bruxaria.

RAIZ DE MANDRÁGORA: Por causa de seu formato humanoide, a raiz de mandrágora sempre foi considerada um elemento poderoso em qualquer tipo de feitiço. Usada na alquimia para a criação de homúnculos, ela também é usada para representar o corpo da vítima num ritual de magia imagética. O chá da mandrágora confere a quem bebê-lo o poder de ver o futuro. Uma raiz de mandrágora inteira é um dos mais poderosos apotropeus conhecidos pela demonologia. De maneira inversa, como a mandrágora cresce debaixo de forcas, ela é parte integrante de rituais de necromancia e de encantamentos da magia negra.

MOJO: Na magia popular *hoodoo*, consiste em um saquinho, geralmente de flanela, contendo uma variedade de itens que, juntos, possuem algum tipo de poder mágico. Ver página 134.

SALGUEIRO: A expressão "bate na madeira" vem da tradição de bater no salgueiro para espantar o mal. Além disso, a árvore sempre foi associada a rituais de proteção, adivinhação e cura. Sua casca, quando queimada com sândalo, atrai espíritos, especialmente se o ritual for feito ao ar livre e numa noite de lua minguante.

SALSA: Os gregos associavam a salsa à morte e por isso ela era mantida afastada da mesa. Acreditava-se que ela havia brotado do sangue de Opheltes, filho de Eurídice, morto por um dragão após ter sido abandonado por sua ama. Daí em diante, a salsa passou a ser considerada uma planta fúnebre e foi dedicada a Perséfone. Os romanos, no entanto, viam-na como um sinal de boa sorte.

SÁLVIA: Uma erva ambivalente mais muito útil, a sálvia sempre foi associada com purificação e sorte — boa ou má. Famosa por trazer prosperidade e boa sorte, a sálvia deve ser cultivada com muito cuidado ou suas propriedades se invertem. A tradição diz que o dono da casa nunca deve plantar a sálvia em seu jardim e que, a não ser que seja misturada com outras ervas, ela trará azar ao invés de sorte. Os rituais dos índios norte-americanos começam com a purificação (ou maculação) do local sagrado com a fumaça da sálvia queimada.

SEMENTE DE CÂNHAMO: Usada como incenso, a semente de cânhamo auxilia na adivinhação por cristais e na divinação, além de atrair guias espirituais. Também é útil na fabricação de velas mágicas.

TABACO: Espíritos de quase todas as tribos nativas norte-americanas e caribenhas apreciam oferendas de tabaco. Além disso, as folhas secas eram queimadas para abrir canais espirituais e para consagrar locais para cerimônias.

TERRA DE CEMITÉRIO: Feitiços *hoodoos* — tantos os protetores quanto os ofensivos — usam terra de cemitério como um componente fundamental. A maneira como a terra é recolhida e o modo como ela é usada é que vão determinar o efeito do feitiço. Um feitiço hostil requer que a terra seja coletada próximo ao túmulo de alguém que morreu de forma violenta ou que, enquanto vivo, desejou mal à vítima. Um feitiço protetor pode usar a terra do túmulo de um ente querido do praticante do feitiço ou da pessoa que será protegida. Deve-se pagar pela terra com uma oferenda — em geral uma moeda de dez centavos americanos (aquela que tem Mercúrio em uma das faces, o que reforça o papel desse deus como um psicopompo) — ao espírito de cujo túmulo ela foi retirada.

TOMILHO: Queimado como oferenda ou para consagrar templos desde a época dos gregos, o tomilho também é largamente usado para proteção e em magias purificantes. Tradições celtas acreditam que o tomilho selvagem é um sinal de que o local onde ele cresceu foi abençoado por fadas. A magia pagã contemporânea usa o tomilho como agente maculador para a purificação de locais, antes que um feitiço seja lançado. Usado em um amuleto, aumenta a sensibilidade psíquica.

TREVO: Comumente usado como proteção contra o mal e a falta de sorte, o trevo é um elemento muito importante em rituais de clarividência. Um trevo-de-quatro-folhas confere ao seu possuidor o poder de enxergar fadas e detectar a presença de espíritos.

URTIGA: Uma das ervas mais sagradas para os anglo-saxões, a urtiga é usada em diversas tradições da magia popular para capturar uma maldição e mandá-la de volta a seu lugar de origem.

VERBENA: Também conhecida como erva-de-bruxa, a verbena é poderosa em uma variedade de ocasiões. Diz a lenda que a erva foi descoberta no monte do Calvário após a crucificação, sendo associada desde então com proteção e cura. Os romanos usavam a erva para decorar altares, enquanto os povos druidas a adicionavam na água lustral, uma espécie de sucessora da água-benta.

VISCO: Além da sua relação com o Natal, o visco é usado para proteger crianças de fadas, que ficam impossibilitadas de trocar a criança por outra na presença dessa erva. Quando queimado, confere poder a rituais de exorcismo, além de ser uma útil proteção quando pendurado ao redor da casa.

APÊNDICE B

Nomes e características de demônios europeus

Não seria possível catalogar em livro todos os demônios do mundo, ainda que nos concentrássemos apenas na tradição judaico-cristã. O que fizemos aqui foi iluminar os personagens mais importantes das legiões demoníacas, desde os primórdios, quando o bom e velho Lúcifer pegou o caminho errado e acabou caindo do céu. A lista foi compilada a partir de várias fontes diferentes. Começamos com o Antigo Testamento e vários outros manuscritos antigos da Cabala e da tradição muçulmana, dos quais o mais interessante é o Testamento de Salomão (TS), uma clássica pseudoepígrafe judia que data de muito tempo atrás — mais ou menos da época em que Constantino começou a cristianizar o Império Romano. Um detalhe interessante sobre o TS é que ele é o primeiro de muitos textos que caracterizam Salomão como um arquimago. Nele, a Rainha de Sabá é caracterizada como uma bruxa, diferentemente de sua apresentação no Antigo Testamento. Também é interessante que o Alcorão mencione o fato de que Salomão construiu o templo com a ajuda de demônios escravizados: ver suras 21, 34 e 38.

Essa será a sua primeira introdução a alguns pesos-pesados do mundo dos demônios. Depois disso, nós nos concentramos nos demonologistas medievais e renascentistas. O primeiro e mais importante deles é o avô de tudo relacionado às ciências ocultas, Henrich Cornelius Agrippa, cujo *Os Três Livros de Filosofia Oculta(De Occulta Philosophia Libri Tres)* abriu caminho para todos os demonologistas que o seguiram. Logo depois de Agrippa vem a *Pseudomonarchia Daemonum* (PD), que primeiro apareceu como parte do *De Praestigiis Daemonum et Incantationibus ac Venificiis*, um clássico da demonologia escrito por Johann Weyer, um pupilo de Agrippa, em 1563. O livro foi traduzido por Reginald Scot e incluído em sua obra, *A Descoberta da Bruxaria (The Discoverie of Witchcraft)*. Mais ou menos na mesma época, John Dee — conselheiro da Rainha Elizabeth, famoso matemático e navegador — estava documentando seus experimentos com a alquimia, a demonologia e a magia enochiana em *Quinti ibri mysteriorum*. Pouco tempo depois apareceu a primeira de muitas edições do anônimo *Lemegeton Clavicula Salomonis*, ou *A Chave Menor de Salomão*, que foi sendo compilado ao longo dos séculos e ganhou vida nova entre os estudiosos da demonologia quando Aleister Crowley traduziu parte da obra e a publicou na Goetia, em 1904. Dos mais recentes, há o *Dictionnaire Infernal*, de Colin de Plancy, publicado em 1818, mas nós só gostamos desse por causa das figuras.

Além disso, do mesmo modo como fizemos no livro todo, recorremos aqui ao diário do nosso pai para esclarecer algumas questões que haviam ficado soltas.

Enfim, usamos toda essa história para montar um tipo de manual de sobrevivência em confrontos com demônios... caso aconteça de você esbarrar com um e nós não cheguemos a tempo para ajudar. Nossos caminhos já se cruzaram com os de alguns desses figurões e nós já vimos sinais de muitos outros. Quanto ao resto? Bem, quando a guerra começar pra valer, eles vão mostrar suas caras feias. E nós vamos mandá-los rapidinho de volta para o lugar de onde vieram..

ABEZITHIBOD: No Testamento de Salomão (TS), foi dominado e trazido de volta do Mar Vermelho por Ephippas para escorar uma das colunas do templo. Responsável pela perseguição dos israelitas pelos egípcios:

> *No êxodo dos filhos de Israel, eu endureci o coração do Faraó. E agitei seu coração e os de seus ministros. E eu lhes instiguei a perseguir*

os filhos de Israel. E o Faraó seguiu-o com todos os egípcios. Então eu estava presente, e nós seguimos juntos. E todos nós passamos por cima do mar Vermelho. E aconteceu que, quando os filhos de Israel tinham atravessado, a água voltou e afundou todo o exército dos egípcios e todo o seu poder.

AGARES: Estranho entre os demônios no sentido de que está sempre à disposição para ser conjurado: "ele vem calmamente", de acordo com a *Pseudomonarchia daemonum* (PD). Representado como um velho montado em um crocodilo e segurando um falcão. Pode ensinar línguas estranhas e "buscar tudo aquilo que fugiu" (encontrar pessoas desaparecidas?). Também pode causar terremotos.

ALLOCER/ALOCER: Descrito em vários textos como tendo aparência de um soldado montado em um cavalo, mas com a cabeça de um puma e olhos em chamas. (Olhos amarelos? Esse nós vamos checar.) De acordo com a PD, Allocer "faz o homem maravilhosamente sábio em astronomia" (que provavelmente significa astrologia), além de oferecer conhecimentos sobre outras ciências. Ademais, diz-se que ele é muito barulhento, o que quer que seja que isso signifique. Pela nossa experiência, qualquer demônio pode ser muito barulhento, se assim o desejar.

AMDUSCIAS: Incomum, pois toma a forma de um unicórnio até que seja compelido a assumir a forma humana. Ele "traz facilmente o passado, de forma que trompetes e todos os instrumentos podem ser ouvidos, mas não vistos, além de fazer as árvores se dobrarem e se inclinarem" (PD). Além disso, são excelentes alcoviteiros de espíritos familiares.

AMON: De acordo com a PD, Amon aparece como um lobo com rabo de serpente, capaz de cuspir fogo — ou então, como um homem com dentes de cachorro e cabeça de corvo. Faz profecias.

AMY: Há duas coisas interessantes sobre Amy, além do fato de que ele aparece "numa onda de medo" (PD). Além de oferecer conhecimentos científicos e da organização padrão dos espíritos familiares demoníacos, diz-se que ele é capaz de descobrir a localização de "tesouros preservados por espíritos." A PD diz ainda que Amy manteve um pouco da sua natureza angelical, e que "há mil e duzentos anos espera para voltar a ocupar o sétimo trono."

ANDRAS: Um anjo com cabeça de corvo montado num lobo e que carrega uma espada. Esse demônio é um assassino por natureza, "pode matar o mestre, o servo e todos os assistentes" (PD).

ANDROALPHUS/ANDREALPHUS: Sua aparência é citada na PD como se assemelhando a de um pavão e, na forma humana, ele é o mestre "de todas as coisas relacionadas ao cálculo". Além disso, pode transformar humanos em uma variedade de pássaros..

ASMODEUS(ASMODAY/SIDONAY/SYDONAY):Demônioorgulhoso e arrogante. De acordo com o TS, mesmo dominado ele menospreza Salomão: "Como devo, então, responder-lhe, já que você é filho de um homem; enquanto eu, embora tenha nascido de mãe humana, sou filho de um anjo, para que nossa palavra celeste, quando dirigida a vocês que habitam a terra, não pareça arrogante." Sua estrela é a Ursa Maior, também conhecida como Filho do Dragão, e a sua missão na terra é transformar o desejo em ódio: "O meu negócio é tramar contra os recém-casados, para que eles nunca se entendam. E eu os separo por completo através de muitas calamidades, e eu jogo fora a beleza de mulheres virgens, e alieno seus corações... Eu faço com que os homens tenham ataques de loucura e desejo, quando estes já possuem esposas, para que eles as deixem e busquem outras mulheres que pertencem a outros homens; e como resultado eles cometem pecados, e praticam atos sanguinários." Ele é submisso apenas ao arcanjo Rafael, ainda que, de acordo com Salomão, o cheiro de fígado de peixe queimando o faça fugir. Asmodeus também odeia água.

A PD (onde ele é chamado de Asmoday) difere no que diz respeito à sua aparência e aos seus poderes: aqui ele possui três cabeças, "sendo que a primeira é como a de um touro, a segunda como a de um homem e a terceira como a de um carneiro. Ele tem uma cauda de serpente, ele lança chamas pela boca, ele tem pés de ganso, ele está montado em um dragão infernal, ele carrega uma lança e uma bandeira em suas mãos". Sob o poder de um anel mágico de prata, e quando chamado pelo nome, ele pode ensinar as ciências e responder a qualquer pergunta honestamente, incluindo perguntas sobre a localização de objetos escondidos.

ASTAROTH: "Um anjo fétido montado em um dragão infernal, trazendo em sua mão direita uma víbora" (PD). Pode fazer profecias e contar a história de como os demônios caíram em desgraça, ainda que a PD mencione que Astaroth não aceita a sua parcela de culpa nessa história. Uma observação a respeito de como conjurá-lo: a PD adverte que seu bafo é venenoso e alerta aos conjurantes que mantenham certa distância e segurem um anel de prata perto de seu rosto.

AYM: O Aym (ou Aim) monta uma cobra e carrega uma tocha, a qual é compreendida simbolicamente como sendo utilizada para queimar cidades. Ele possui três cabeças: uma de homem, uma de cobra e uma de gato. Os presentes que ele dá ao conjurante costumam ser particulares e condizem com a descrição bíblica da cobra como um animal facilitador de conhecimento: ele "faz com que a pessoa escreva em qualquer dialeto" (PD), e dará respostas verdadeiras a perguntas sobre "assuntos particulares".

BAAL: De acordo com a PD, é "o primeiro e mais importante rei" dos demônios, aparecendo com três cabeças: uma de sapo, uma de homem e uma de gato. Pode conferir poderes de invisibilidade e dar sabedoria aos homens. Antes de entrar para a classe dos demônios, aparecia sob várias alcunhas diferentes de divindades em tribos semitas, as quais queimavam suas crianças como forma de sacrifício para ele.

BALAM: De acordo com a PD, "Balam é um grande e terrível rei; ele aparece com três cabeças, a primeira de touro, a segunda de homem e a terceira de carneiro. Ele possui uma cauda de serpente, e olhos fumegantes, e monta um furioso (e muito poderoso) urso. Ele carrega um falcão em seu pulso e fala com uma voz áspera, lecionando com perfeição sobre assuntos do presente, do passado e do futuro. Ele pode fazer com que o homem se torne invisível e sábio. Ele governa 40 legiões e é da ordem dos dominadores".

BARBATOS: Segundo a PD, ele aparece na constelação de Sagitário. Compreende as línguas dos animais e dos pássaros e pode detectar coisas escondidas por encantamentos. Também enxerga o futuro.

BATHIN/BATHYM (MATHIM/MARTHIM): Descrito pela PD como um homem com rabo de serpente e montado em um cavalo. Tem conhecimento sobre ervas e pedras preciosas e também o poder de "transferir um homem de um país para o outro repentinamente."

BEELZEBOUL (BELZEBU): De acordo com o TS, "ele reina sobre os demônios" e é equiparado a Satanás. Sua estrela é Vênus (em algumas fontes). Foi dominado por um de seus próprios demônios, chamado Ornias, que estava sob o domínio de Salomão, e forçado a chamar todos os outros demônios, um a um, para que Salomão pudesse conhecer mais sobre eles. Se autointitula "o primeiro anjo do primeiro céu" e diz para Salomão:

> *Eu destruo Reis. Eu me alio a forasteiros tiranos. E os meus próprios demônios faço perseguir os homens, para que estes acreditem neles e se percam. E os servos escolhidos por Deus, padres e homens de*

fé, eu os excito para que cometam pecados terríveis, e heresias maléficas, e atos fora da lei; e eles me obedecem, e eu os levo para a destruição. E eu inspiro os homens com a inveja, guerra e sodomia, e outras coisas más. E eu vou destruir o mundo.

Pode ser derrotado, de acordo com o TS, por Eleéh, nome que está relacionado a Baal.

BELIAL: De acordo com a PD, Belial tem a forma de um anjo. Ele pode oferecer conhecimento se "for constrangido pela lei divina quando aceitar sacrifícios, presentes e oferendas", mas "ele virá tarde e não dirá a verdade por mais de uma hora."

A PD diz o seguinte sobre Salomão:

O exorcista deve considerar que Belial sempre ajuda seus companheiros. Caso ele não se entregue, deixe que a ligação entre os espíritos seja lida: a cadeia de espíritos é enviada até ele. Assim, o sábio Salomão reuniu todos eles e suas legiões em uma embarcação de bronze, onde foram colocados, além de todas as legiões, setenta e dois reis, dos quais o chefe era Bileth, o segundo chefe era Belial, e o terceiro Asmoday. Eram mais de mil legiões. Sem dúvida (devo confessar), aprendi isso com o mestre Salomão, mas ele não me contou por quê motivo os reuniu e os calou; mas eu acredito que foi por causa do orgulho do chamado Belial. Alguns necromantes de fato dizem que Salomão, tendo sido seduzido pelos artifícios de uma certa mulher, sentiu-se inclinado a adorar o próprio Belial: o que é inacreditável. Ao invés disso, é melhor que acreditemos (como é falado) que eles estavam reunidos naquela grande embarcação de bronze por culpa de seu orgulho e de sua arrogância, e que foram jogados num lago profundo ou buraco na Babilônia. Pois Salomão alcançou seus feitos através do poder divino, que nunca o abandonou.

Talvez haja aqui uma identificação de Belial com Moloch. Ver a história sobre os gafanhotos no TS.

BELPHEGOR: É o demônio dos golpes para conseguir dinheiro fácil. Seduz através da insinuação de invenções e descobertas. Por causa disso, é associado com riqueza e preguiça. De acordo com Plancy, é o embaixador da França no inferno. Pode ter uma conexão com Baal (Baal-peor) no que diz respeito a rituais sexuais.

BERITH: Possui três nomes diferentes na PD: Beall (Baal? Belial?), Berithi e Bolfry. Aparece como um soldado vermelho, usando uma coroa e montado em um cavalo vermelho. Só pode ser conjurado em uma determinada hora (observe que a PD não especifica essa hora) e pode fazer profecias, ainda que mentirosas. De acordo com a PD, tem poderes de alquimista: "ele transforma qualquer metal em ouro."

BIFRONS: A PD diz apenas que o Bifrons apresenta "uma semelhança com um monstro." Se for forçado a tomar a forma humana, ele ensinará astrologia "e irá declarar completamente a morada dos planetas". Também possui conhecimentos sobre as ervas e as pedras preciosas. Assim como Bune, ele "muda os corpos dos mortos de lugar e parece acender velas sobre as sepulturas dos mortos".

BILETH/BYLETH: Fica muito bravo quando é conjurado. A PD oferece observações especiais sobre a sua conjuração — ver observações sobre conjurações. Seu principal poder é amor/sedução: "Não há ninguém sob o poder e a dominação do conjurante, a não ser aquele que detém tanto o homem quanto a mulher em um amor tolo, até que o exorcista tenha saciado o seu prazer."

A PD parece temer Bileth. "Se nenhum outro exorcista conhece a arte de Bileth, e não consegue fazê-lo materializar-se diante de si, nem vê-lo, então eu não irei ensinar como fazê-lo, nem declarar como contê-lo, porque é abominável."

BOTIS: De acordo com a PD, aparece ou na forma de uma víbora ou como um humano dotado de presas e chifres, carregando uma espada. (Ver no TS a parte sobre o demônio sem nome que assombra túmulos, ainda que a PD diga que Botis faz profecias em vez de atacar pessoas em cemitérios.)

BUER: A PD diz que ele ensina filosofia e lógica, assim como o conhecimento acerca das ervas. Pode obter espíritos familiares e curar doenças.

BUNE: A PD observa que Bune "faz os mortos mudarem de lugar e demônios descerem sobre suas sepulturas." Também concede riquezas e sabedoria. Aparece na forma de um dragão de três cabeças, uma das quais é "igual à de um homem": compare com a descrição do Tribolaios no TS.

CAIM/CAYM: Costuma aparecer na forma de um verdadeiro melro, mas também pode assumir a forma humana, empunhando uma espada. Ele "forma os melhores opositores" (deve ser o demônio dos advogados) e pode ensinar "tudo sobre os pássaros, o mugido dos bois e o latido dos cachorros, além do som e do barulho da água" (PD).

CIMERIES: Cimeries monta um cavalo preto e reina sobre a África, de acordo com o cânone da demonologia (E, sim, nós também pensamos em "*Conan the Cimerian*"*). Mas, ao contrário do bárbaro, Cimeries está mais para um estudioso. Ele pode ensinar "gramática, lógica e retórica" (PD), além de mostrar o caminho para tesouros escondidos. Outra coisa que ele faz muito bem é ajudar soldados a subir de posto — no exército, assim como em outras profissões — é sempre bom ter uma boa lábia.

DECARABIA (CARABIA): A DP menciona que Decarabia tem poder sobre os pássaros e pode passar esse poder a seu conjurador.

* Conan, o Bárbaro. (N. do R.)

Ademais, assim como muitos outros demônios, Decarabia "conhece a força das ervas e das pedras preciosas."

ELIGOR (ABIGOR): Aparece como um belo cavaleiro, empunhando uma lança e um cetro. Pode ser consultado sobre estratégia militar "e sobre como soldados devem se agrupar" (PD). Também pode fazer profecias.

ENEPSIGOS: Possui inúmeras formas (TS), as quais "refletem o estado da lua." Profetizou a Salomão a destruição do Templo, depois da qual os demônios escravizados "surgirão com grande poder por todos os lados e se disseminarão pelo mundo afora".

EPHIPPAS: Demônio dos ventos, de origem árabe. No TS, Salomão domina Ephipas a pedido de um rei árabe e o força a levantar e colocar no lugar a pedra angular do Templo. Também é mencionado, ainda que não pelo nome, no relato acerca de Salomão que aparece no livro de Sibley: *A Nova e Completa Enciclopédia das Ciências Ocultas (A Complete Illustration Of The Astrological And Occult Sciences Comprehending The Art Of Foretelling Future Events)* (CO).

FLAUROS: Flauros pode ter vários tipos diferentes de poder, dependendo da circunstância em que for conjurado. Se um triângulo for usado no ritual de conjuração, a PD diz que ele "mentirá sobre todas as coisas"; se outros símbolos forem usados, o Flauros será forçado a fazer profecias verdadeiras. Uma vez dominado, ele é capaz de manter o seu conjurante longe de tentações, e irá "queimar e destruir todos os adversários de seu conjurante." Aparece como um leopardo até ser forçado a assumir a forma humana, quando diz-se que ele adquire olhos fumegantes.

FOCALOR: Um homem com asas de grifo (PD — em muitos casos significa abutre). Mais um demônio que exerce controle sobre os oceanos. “Ele mata os homens, e os afoga nas águas, e vira navios de guerra, comandando e regendo os ventos e mares.”

FORAS/FORRAS/FORCAS: Outro demônio citado na PD que possui forma humana e conhecimento acerca de ervas e pedras preciosas. Além disso, “ensina tudo sobre lógica, ética e seus pormenores,” assim como a invisibilidade. Pode conceder uma longa vida e recuperar o que está perdido.

FURCAS: De acordo com a PD, “aparece à semelhança de um homem cruel, com uma longa barba e cabelos grisalhos”. Monta um cavalo e carrega uma lança. Pode ensinar as ciências e a filosofia.

FURFUR: Aparece na forma de um veado com o rabo em chamas. Irá mentir a não ser que seja conjurado de dentro de um triângulo (PD). Pode fazer as pessoas se apaixonarem e provocar raios e trovões.

GAAP: Quando na forma humana, aparece algumas vezes como um médico. A PD sugere que ele é um dos demônios mais poderosos; dentre os seus poderes, que incluem o entendimento e o controle das emoções, ele também pode “libertar espíritos familiares do poder de outros conjurantes” e “transportar homens para outras nações muito rapidamente.”

GAMIGIN/GAMYGYN: A PD observa que Gamigin “é visto na forma de um pequeno cavalo.” Ele “traz a morte, e as almas que se afogaram no mar ou que residem no purgatório tomarão corpos leves e aparecerão” e responde perguntas, caso o conjurante assim deseje.

GLASYA-LABOLAS (CAACRINOLAAS/CAASSIMOLAR): A PD descreve inúmeras habilidades: diz-se que o Glasya é o “capitão dos assassinos" e pode fazer profecias e "ganhar as mentes e o amor de amigos e inimigos," assim como conceder o poder da invisibilidade. Aparece na forma de um cachorro com asas de grifo.

GOMORY: Toma a forma de uma mulher cavalgando um camelo. Faz profecias acerca de coisas escondidas. Pode ir atrás do amor de mulheres; segundo a PD, "especialmente de moças."

GUSOIN: Na PD, aparece na forma de um xenófilo*.

HAAGENTI: Primeiramente, o Haagenti deve ser conjurado na forma de um "poderoso touro com asas de grifo" (Lemegeton). Depois deve ser forçado a assumir forma humana, antes que o conjurante o obrigue a fazer qualquer coisa. Feito isso, ele é um grande alquimista. Transformará metais em ouro e, numa imitação aviltante do milagre presente no Novo Testamento, também tem o poder de transformar a água em vinho e vice-versa. Diz-se ainda, de acordo com algumas tradições místicas cristãs, que Haagenti é o "príncipe da gulodice."

HALPHAS: De acordo com a PD, ele "aparece na forma de uma cegonha com a voz áspera," e também "constrói cidades cheias de armas e munições, e manda os homens para a guerra nos lugares designados". Muito parecido com o Sabnac e o Malphas; é possível que os três sejam aspectos diferentes de um mesmo demônio, o qual não está nomeado na PD ou em outros textos.

IPOS/IPES (AYPOROS/AYPEROS): Notável primeiramente por sua descrição curiosa na PD: "aparecem na forma de um anjo, e ainda assim são mais obscuros e sujos que um leão, tendo também uma cabeça de leão, pés de ganso e um rabo de lebre." Fazem profecias e "tornam o homem mais esperto". Seriam escritores? Cortesãos?

---

* Xenofilia: simpatia forte por tudo o que é estrangeiro. (N. do R.)

KOSMOKRATES: Uma multidão de demônios no TS, descrita da seguinte maneira:

Disse o primeiro: "Eu, ó Senhor, sou chamado Ruax e faço com que a cabeça dos homens seja ociosa, e faço arquear suas sobrancelhas. Mas basta que eu ouça as palavras: 'Michael, aprisione Ruax' uma vez que eu me retiro."

E o segundo disse: "Eu sou chamado Barsafael e faço aqueles que estão sujeitos a meu poder sentirem a dor da enxaqueca. Se eu ouvir as palavras, 'Gabriel, aprisione Barsafael' apenas uma vez, eu me retiro."

O terceiro disse: "Eu me chamo Arôtosael. Eu faço mal para os olhos e dolorosamente os machuco. Mas deixe-me ouvir as palavras 'Uriel, aprisione Aratosael' uma vez e eu me retiro".

O quinto disse: "Eu sou chamado Iudal e eu bloqueio os ouvidos e trago a surdez. Se eu ouvir, 'Urual, expulse Iudal', eu me retiro de uma vez."

O sexto disse: "Eu me chamo Sphendonaêl. Eu causo tumores da glândula parótida e inflamações nas amígdalas, e também o tétano. Se eu ouvir 'Sabrael, aprisione Sphendonaêl' apenas uma vez, eu me retiro."

E o sétimo disse: "Eu me chamo Sphandôr e enfraqueço os ombros dos homens, e os faço tremer, e eu paraliso os nervos das mãos e também quebro e machuco os ossos do pescoço. E eu sugo o tutano. Mas, se eu ouvir as palavras 'Arael, aprisione Sphandôr', eu me retiro rapidamente."

E o oitavo disse: "Eu sou chamado Belbel. Eu distorço os corações e as mentes dos homens. Se eu ouvir as palavras 'Arael, aprisione Belbel,' eu me retiro de uma só vez."

E o nono disse: "Eu sou chamado Kurtaêl. Eu envio cólicas aos intestinos. E induzo dores. Se eu ouvir as palavras 'Iaôth, aprisione Kurtaêl,' eu me retiro de uma só vez."

O décimo disse: "Eu sou chamado Metathiax. Faço doer os rins. Se eu ouvir as palavras 'Adônaêl, aprisione Metathiax,' eu me retiro rapidamente."

O décimo primeiro disse: "Eu sou chamado Katanikotaêl. Eu crio conflitos e brigas nas casas dos homens e envio temperamentos difíceis para eles. Se alguém estiver precisando de paz em sua casa, faça com que essa pessoa escreva em sete folhas de louro o nome do anjo que me neutraliza, junto com os seguintes nomes: Iaê, Ieô, filhos de Sabaôth, em nome do grande Deus, faça com que cale a boca Katanikotaêl. Então faça com que ela lave as folhas de louro na água e pingue essa água ao redor de sua casa, começando de dentro para fora. E assim eu me retiro."

O décimo segundo disse: "Eu sou chamado Saphathoraél e inspiro partidarismo entre os homens, e sinto prazer em fazê-los tropeçar. Se qualquer pessoa escrever num papel os nomes desses anjos: Iaco, Iealô, Iôelet, Sabaoth, Ithoth, Bae e, depois de dobrá-lo, usá-lo em volta do pescoço ou atrás de sua orelha, eu imediatamente me retiro."

O décimo terceiro disse: "Eu sou chamado Bobêl e causo doenças nervosas através dos meus ataques. Se eu ouvir as palavras 'Adonaêl, aprisione Bothothêl,' eu me retiro de uma só vez."

O décimo quarto disse: "Eu sou chamado Kumeatêl e causo calafrios, histeria e torpor. Se eu ouvir as palavras 'Zôrôêl, aprisione Kumentaêl', eu me retiro rapidamente."

O décimo quinto disse: "Eu sou chamado Roêlêd. Eu causo frio, congelamento e dor no estômago. Deixe-me apenas ouvir as palavras: 'Iax, não resista, não seja aquecido, porque Salomão é mais justo do que onze pais', eu me retiro rapidamente."

O décimo sexto disse: "Eu sou chamado Atrax. Eu inflijo febre irremediável e prejudicial sobre os homens. Se você quiser me prender, pique um pouco de coentro e passe-o nos lábios, recitando o seguinte encantamento: 'Ó, febre, que vem da sujeira. Eu te exorcizo em nome do trono do Deus altíssimo, se afaste da sujeira e se afaste da criatura feita por Deus.' E assim eu me retiro imediatamente."

O décimo sétimo disse: "Eu sou chamado Ieropaêl. Na barriga dos homens eu me sento e causo convulsões no banho e na estrada; e, onde quer que eu esteja, se encontrar um homem, eu o derrubo. Mas, se alguém sussurrar no ouvido das vítimas os seguintes nomes, três vezes, na orelha direita: 'Iudarizê, Sabunê, Denôê,' eu me retiro de uma vez."

O décimo oitavo disse: "Eu sou chamado Buldumêch. Eu separo marido e mulher e trago rancor entre eles. Se alguém escrever no papel os nomes dos seus senhores, Salomão, e colocá-lo na antessala de sua casa, daí eu me retiro. E a lenda escrita será a seguinte: "O Deus de Abraão, o Deus de Isaac e o Deus de Jacó te comanda: retira-te desta casa e deixa-a em paz." "E eu partirei imediatamente."

O décimo nono disse: "Eu sou chamado Naôt e eu me assento sobre os joelhos dos homens. Se qualquer um escrever no papel: 'Phnunoboêol, expulse Nathath, e não toque em seu pescoço,' eu me retiro de imediato."

O vigésimo disse: "Eu me chamo Marderô. Lanço sobre os homens uma febre incurável. Se alguém escrever na folha de um livro: 'Sphênêr, Rafael, retirem-se, não me arrastem pelos cantos, não me esfolem' e amarrá-la em volta do pescoço, eu me retiro de uma vez."

O vigésimo primeiro disse: "Eu me chamo Alath e causo tosse e dificuldade de respiração em crianças. Se qualquer pessoa escrever em um papel: 'Rorêx, persiga Alath', e pendurar tal papel em seu pescoço, eu me retiro imediatamente.

O vigésimo terceiro disse: Eu me chamo Nephthada, eu inflijo dores nos rins e causo disúria. Se qualquer pessoa escrever em uma placa de estanho as seguintes palavras: 'Iathôth, Uruêl e Nephthada', e colocar a placa perto dos quadris, eu me retiro imediatamente.

O vigésimo quarto disse: "Eu sou chamado Akton. Faço as costelas e os músculos doerem. Se uma pessoa gravar em um pedaço de cobre, retirado de um navio que ficou à deriva, o seguinte: 'Marmaraôth, Sabaoth, persigam Akton' e prendê-lo junto ao quadril, eu me retiro de uma vez."

O vigésimo quinto disse: "Eu sou chamado Anatreth e causo queimaduras e febre nas entranhas. Mas se eu ouvir: 'Arara, Charara,' de imediato eu me retiro."

O vigésimo sexto disse: "Eu me chamo Enenuth. Eu roubo as mentes dos homens e transformo seus corações e os faço perder os dentes. Se alguém escrever: 'Allazoôl, persiga Enenuth', e amarrar o papel em volta do pescoço, eu me retiro de imediato."

O vigésimo sétimo disse: "Eu sou chamado Phêth. Eu causo tuberculose e hemorragia nos homens. Se alguém quiser me exorcizar, deve usar um vinho doce e cheiroso, que não tenha sido misturado pelo décimo primeiro aeon, *e dizer: 'Eu te exorcizo em nome do décimo primeiro* aeon. *Pare, eu exijo, Phêth (Axiôphêth)', e, em seguida, fazer o enfermo beber o vinho. E assim eu me retiro imediatamente."*

O vigésimo oitavo disse: "Eu me chamo Harpax e aflijo os homens com a insônia. Se alguém escrever 'Kokphnêdismos' e colar o papel em volta do templo, eu me retiro de imediato."

O vigésimo nono disse: "Eu sou chamado Anostêr. Eu causo dores no útero e na bexiga. Se alguém jogar no azeite virgem três sementes de louro e passar a mistura no corpo dizendo: 'Eu te exorcizo, Anostêr. Pare em nome de Marmaraô', de imediato eu me retiro."

O trigésimo disse: "Eu me chamo Alleborith. Se quando estiver comendo peixe uma pessoa engolir a espinha, então ela deve tirar uma espinha do mesmo peixe e tossir, e assim eu me retiro imediatamente."

O trigésimo primeiro disse: "Eu sou chamado Hephesimireth e causo doenças prolongadas. Se você jogar um punhado de sal, depois de esfregá-lo nas mãos, no óleo e espalhar a mistura sobre o paciente dizendo: 'Serafins, Querubins, ajudem-me!', imediatamente eu me retiro."

O trigésimo segundo disse: "Eu me chamo Ichthion. Eu paraliso os músculos e causo contusões. Se eu ouvir 'Adonaêth, socorro!' uma vez, eu me retiro."

O trigésimo terceiro disse: "Eu sou chamado Agchoniôn. Eu me deito entre os cueiros e o precipício. E se alguém escrever 'Lycurgos' em folhas de figueira e tirar uma letra de cada vez, escrevendo a palavra novamente, ao contrário, eu me retiro de imediato. 'Lycurgos, ycurgos, curgos, yrgos, gos, os.'"

O trigésimo quarto disse: "Eu sou chamado Autothith. Eu causo ressentimento e brigas. Portanto, sou neutralizado por Alfa e Omega, quando escritos."

O trigésimo quinto disse: "Eu sou chamado Phthenoth. Lanço mau-olhado nos homens. Portanto, um olho sofredor, se for desenhado, é capaz de me neutralizar."*

O trigésimo sexto disse: "Eu sou chamado Bianakith. Eu tenho ódio do corpo. Eu destruo casas, faço a carne apodrecer e muitas coisas semelhantes. Se um homem escrever na porta da frente de sua casa: 'Mêltô, Ardu, Anaath', eu fujo de tal lugar."

KUNOSPASTON: Aparece na forma de um cavalo com rabo de peixe, mas pode se transformar em água (observe que pode ser o ancestral do *backahasten* ou do *each uisge*... do *draugr* também?). Autoidentificado como o demônio das tempestades e dos enjoos no mar. No TS: "Eu sou o espírito que rola por sobre a extensão das águas do mar e engano os homens que nele navegam. Pois eu me jogo dentro de uma onda e me transformo, e me jogo sobre navios e caio bem em cima deles." Não sobrevive mais que três dias fora d'água.

LERAIE/LORAY: Assemelha-se a um arqueiro. Causa a putrefação de feridas causadas por flechas.

MALPHAS: Tipicamente visto como um corvo, ainda que possa ser forçado a assumir a forma humana. Seus poderes envolvem a construção: "Ele constrói casas e altas torres maravilhosamente, e rapidamente faz com que os materiais se ajuntem, ele também derruba as torres do inimigo" (PD). É capaz de criar espíritos familiares.

MARBAS (BARBAS): A PD diz que ele aparece como um leão, mas pode ser forçado a assumir a forma humana (observe a seme-

* Mencionado no Testamento de Salomão como um amuleto protetor contra aqueles que fazem o mal apenas com o olhar. (N. do R.)

lhança com o que o TS fala sobre Rath). Também "faz o homem assumir outras formas" (PD) e pode tanto causar quanto curar doenças.

MARCHOSIAS: De acordo com a PD, "mostra-se na forma de uma poderosa loba, com asas de grifo e rabo de serpente". Pode ser ordenada a lutar na forma de um homem. Diz a verdade.

MAVET: Demônio hebreu que mata primogênitos.

MORAX (FORAII): Um touro. PD: "Se possuir a face de um homem, ele faz com que os homens aprendam com destreza a astronomia, assim como todas as ciências liberais." Também pode criar familiares e possui conhecimento acerca de ervas e pedras preciosas.

NABERIUS/NABERUS: A PD lhe dá o pseudônimo de Cerberus. Relação com o Cerberus grego desconhecida, uma vez que esse demônio aparece "na forma de um corvo" e faz os homens muito ardilosos no trato da linguagem (*rhetorike*), ainda que a PD observe que Naberius "busque a perda da prelazia* e da dignidade"; mais um demônio que promete mundos e fundos e leva à ruína. Aparência de corvo interessante: precisamos explorar uma possível relação com as figuras de corvos na mitologia das tribos indígenas norte-americanas e na mitologia norueguesa.

OBIZUTH: No TS, aparece como uma cabeça desprendida do corpo e com o cabelo "desgrenhado". Possui "incontáveis nomes e formas", e, por isso, é difícil de dominar. Enforca recém-nascidos (com o cordão umbilical? Membrana fetal?). "Meu único trabalho é a destruição de crianças e fazer com que fiquem surdas, e fazer o mal atuar em seus olhos, e costurar suas bocas, e destruir suas men-

* Cargo eclesiástico de alguém que cumpre as necessidades de um grupo específico de fiéis. (N. do R.)

tes, e manchar os seus corpos." Não pode se aproximar de mulheres grávidas que tenham o nome de Rafael (cujo número é 640) escrito em seus corpos. Sua descrição lembra a lenda grega da Medusa. Olhada pela ótica da demonologia mais tradicional, a descrição das ações de Obizuth lembra muito Lilith.

ONOSKELIS: No *Testamento de Salomão,* Onoskelis "tinha o rosto muito bonito e uma pele muito alva, mas suas pernas eram como as de uma mula". Ela disse: "Com frequência, eu assumo a forma de uma mulher e me relaciono com homens, principalmente com aqueles de pele escura. Pois compartilho com eles a minha estrela; uma vez que são eles que a idolatram, secreta ou abertamente, sem saber que estão causando mal a si próprios, e que aguçam meu apetite por mais travessuras." Sua estrela é a lua cheia.

ORIAS: "Visto como um leão montado em um forte cavalo, com o rabo de serpente, e traz em sua mão direita duas serpentes sibilando" (PD). Tem conhecimento da astrologia e pode agitar os alvos da ambição de seu conjurante para conceder "dignidade, prelazias e confirmações."

ORNIAS: É o primeiro demônio mencionado no *Testamento de Salomão.* Ornias atacou uma criança que trabalhava na construção do Templo, levando metade de sua comida e seu pagamento. Ao ouvir isso, Salomão perguntou ao menino o que havia de errado. "Depois que todos nós somos liberados do trabalho no Templo de Deus, depois que o sol se põe, quando me deito para descansar, um dos demônios do mal vem e leva embora metade do meu pagamento e metade da minha comida. Então ele também se apodera da minha mão e suga o meu polegar direito. E minha alma está oprimida, e assim o meu corpo fica cada dia mais magro."

O anjo Miguel deu um anel a Salomão, o qual ele deveria dar ao menino para que ele o jogasse no demônio e assim o submetesse.

Tendo sido feito isso, Salomão ordenou que Ornias se revelasse. Ornias disse:

"Sempre que os homens se enamoram de alguma mulher, eu me transformo em uma mulher graciosa e me apodero dos homens, enquanto eles dormem, e brinco com eles... Sou filha do arcanjo Uriel, o poder de Deus."

(A predação sexual lembra o súcubo, ainda que Ornias seja do sexo masculino. Ornias também instrui Salomão a respeito de profecias demoníacas.)

A história continua: "Eu ordenei que Ornias fosse trazido em minha presença e disse a ele: 'Diga-me como sabes disso'; ao que ele respondeu: 'Nós, demônios, ascendemos ao firmamento dos céus e voamos entre as estrelas. E ouvimos as frases que são proferidas pelas almas dos homens, e sem demora nós descemos, e seja por força ou influência, ou por fogo, ou pela espada, ou por algum acidente, nós escondemos o nosso ato de destruição; e se um homem não morrer por culpa de um desastre ou de um ato violento, então nós, demônios, damos um jeito de nos transformar e aparecer para os homens de tal maneira que sejamos idolatrados em nossa natureza humana.'

"Tendo ouvido isso, eu dei glória ao Santo Deus, e de novo questionei o demônio: 'Diga-me como vocês são capazes de subir aos céus, demônios que são, e se misturar aos anjos e estrelas.' E ele respondeu: 'Assim como as coisas são resolvidas no céu, na Terra também há exemplos de todos os tipos. Pois há principados, autoridades, governantes do mundo, e nós, demônios, voamos por entre as estrelas, e ouvimos as vozes dos seres celestiais, e investigamos todos os poderes. E, como não temos nenhum chão para pousar ou descansar, nós perdemos a força e caímos como as folhas caem das árvores. E quando os homens nos veem, eles acham que as estrelas estão caindo do céu. Mas não é bem isso. Ó rei, nós caímos por causa de nossa fraqueza, e porque não podemos lançar mão de nada; e então nós caímos como raios, na calada da noite, de repente. E ateamos fogo em cidades e em campos. Pois as estrelas têm alicerces sólidos nos céus, assim como o sol e a lua'" (TS).

OROBAS: "Orobas é um grande príncipe. Ele aparece na forma de um cavalo, mas quando é colocada nele uma imagem humana, ele fala da divina sorte, dá respostas verdadeiras sobre os acontecimentos do presente, do passado e do futuro, e sobre a divindade, e sobre a criação, e ele não engana ninguém, nem corre perigo de cair em tentação, ele distribui dignidade e prelazia, favorece amigos e inimigos e tem poder sobre 20 legiões" (PD).

OZE/OSE: Ao assumir a forma de um leopardo, Oze pode tanto transformar a forma de um homem quanto criar ilusões ("enlouquecer um homem, fazê-lo achar que ele é quem na verdade ele não é" — PD). O controle da sanidade mental está implícito aqui. Uma nota difícil de decifrar aparece no final da entrada sobre Oze na PD: *Durátque id regnum ad horam*— "faz o reino do tempo perdurar." Controle sobre tempo, talvez? Ou sobre a maneira como experienciamos o tempo? Capacidade de desacelerar ou acelerar o envelhecimento?

PAIMON: Um homem sentado num dromedário (PD), o qual se faz perceber com "um grande berro". Ainda que possua um enorme conhecimento, Paimon é dissimulado e deve ser forçado a falar com clareza. Pode controlar outras pessoas em nome de seu conjurante e "preparar bons espíritos familiares". Uma observação sobre a sua conjuração: "O conjurante deve estar olhando para o noroeste."

PHOENIX: Ainda que esse demônio apareça na forma da figura mitológica que o nomeia —, uma ave de penas douradas e vermelhas — ele não tem muito a ver com ressurreição. Em mais uma menção aos gregos, a PD alerta para o fato de que a Phoenix representa os mesmos perigos que a sereia, cantando lindamente para distrair seu conjurante dos perigos do ritual. "Então o exorcista e seus companheiros devem estar atentos para não darem ouvidos à melodia, e devem pouco a pouco exigir que ele assuma sua forma humana", ao que ele irá conceder o dom da poesia e o conhecimento das ciências arcanas.

PLÊIADES: Sete espíritos que aparecem para Salomão no TS: Desilusão, Conflito, Batalha, Ciúmes, Poder, Erro e um sétimo que só é identificado como "o pior de todos", (Os espíritos do mal também são agrupados em grupos de sete no Testamento dos Doze Patriarcas e em outros escritos.)

PROCELL: Aparece na forma de um anjo e "fala muito sombriamente sobre coisas escondidas" — de acordo com a PD, pode controlar a água.

PRUFLAS (BUFAS): Na PD, habita as proximidades da Torre de Babel. Tem o corpo de um homem e a cabeça de um falcão (Hórus?). A PD diz que ele espalha "discórdia, guerras, brigas e mentiras", ainda que a PD também observe que Pruflas responde a perguntas de livre e espontânea vontade.

PURSON: Um homem com cabeça de leão (PD), que carrega uma cobra e cavalga um urso. É acompanhado pelo som de trombetas. Pode fazer profecias e gerar espíritos familiares.

RABDOS: Aparece na forma de um cachorro gigante (TS): antes "um homem que lavrou muitos atos profanos na terra. Eu era um inigualável entendedor de cartas e era tão poderoso que poderia segurar as estrelas no céu. E muitos feitos divinos eu realizei". Uma possível fonte de conhecimento, se dominado? O TS é vago nesse ponto.

RATH: Assume a forma de um leão, ainda que também diga a Salomão que é "um espírito difícil de ser percebido." Faz os homens doentes ainda mais fracos, mas também afugenta demônios. Subjugado pelo número 644, que na numerologia hebraica é a soma de Emanuel.

RAUM/RAIM: Possui a forma de um corvo, mas na forma humana "rouba maravilhosamente da casa do rei e carrega as riquezas para onde for designado, ele destrói cidades e tem grande desprezo pela dignidade" (PD). É como o Shanx em termos de roubos.

RESHEF: Seu nome significa "pestilência". Às vezes chamado de Dever, e nessa versão, é uma das dez pragas do Egito personificada. Nosso pai tinha uma teoria sobre a estranha palavra ("Croatoan") esculpida na árvore onde a colônia perdida de Roanoke havia estado. Ele achava que Croatoan era apenas outro nome para Reshef, ou Dever. Nós nunca tivemos tempo para entender por que ele achava isso, e agora ele se foi.

SALEOS/ZALEOS: *A Goetia* faz uma observação sobre a natureza pacífica deste demônio, a qual não bate de jeito nenhum com a descrição dele na PD, como sendo "um soldado galanteador, montado num crocodilo". Diz-se que ele tem o poder da afeição e é comumente conjurado por pessoas que pretendem se embelezar magicamente para atrair um amor relutante.

SHAX/SCOX/CHAX: A PD o descreve como sendo "semelhante a uma cegonha" (Íbis? Thoth?): "ele leva embora de maneira esplêndida a visão, a audição e a compreensão de qualquer homem ao comando de seu conjurante." Irá mentir, a não ser que seja subjugado em um triângulo.

SITRI/SYTRY (BITRU): É um demônio "muito bonito" quando na forma humana. O Sitri inflama paixões e "revela segredos das mulheres... e as faz ficar luxuriosamente nuas". Aparece primeiro na forma de um leopardo com asas de grifo.

STOLAS: Aparece como um corvo até que o conjurante o force a assumir sua forma humana. Diz-se que Stolas oferece conhecimentos sobre mineralogia e plantas, entendendo perfeitamente "das virtudes das ervas e das pedras preciosas" (PD). O *Legemeton* o descreve como uma coruja ao invés de um corvo.

SUCAX: Não é mencionado nem no *Legemeton* nem por Weyer, mas um manual anônimo do século XV, conhecido como O *Manual de Munique*, o descreve como um homem com rosto de mulher, que exerce algum tipo específico de poder sobre viúvas. Além disso, diz-se que ele é capaz de transportar seu conjurante a lugares distantes (no estilo da Carruagem Fantasma?) e de ensinar línguas.

TEPHRAS: Aparece como um redemoinho debaixo de uma lua crescente. "Eu trago a escuridão para os homens e ateio fogo nos campos; e reduzo vilas a nada" (TS). Também cura a "febre hermitertiana" (TS — distúrbios convulsivos? Epilepsia?).

TRIBOLAIOS: Aparece no TS como um dragão de três cabeças e de uma cor aterrorizante, ainda que possua mãos humanas. Pode ser dissipado/controlado pelos escritos de Golgotha. "Eu cego crianças nos ventres das mulheres e viro suas orelhas ao contrário. E as faço mudas e cegas. E a minha terceira cabeça me dá condições de passar despercebido. E eu machuco os troncos dos homens e faço com que eles caiam, espumem, e ranjam os dentes." Comparar com o Bune.

VALEFAR (MALEPHAR/MALAPHAR): Assume a forma de um leão com a cabeça de homem (ladrão? — PD). A PD observa com alguma ironia que ele é "muito parecido com aqueles com quem ele fez amizade, até que os levou para a forca". Outro demônio que planta ideias maléficas de uma maneira sedutora.

VAPULA: De acordo com a PD, a "Vapula é um grande e forte duque, que é visto como um leão com asas de grifo. Ele faz com que o homem seja sutil e habilidoso nos trabalhos manuais (mecânica), na filosofia e nas ciências descritas nos livros, além de ser o regente de 36 legiões".

VEPAR (SEPAR): "Ele se parece com uma sereia, ele é o guia das águas" (PD). Causa tempestades e naufrágios. Além disso, assim como Sabnac, faz com que feridas entrem em estado de putrefação.

VINE: Segundo a PD, ele "se mostra na forma de um leão montado em um cavalo negro, e carrega duas víboras na mão". Constrói e destrói cidades e "agita as águas." Também pode fazer profecias e — prestem atenção — "responder a perguntas de bruxas".

VOLAC/VALAC: Um menino com asas de anjo, montado em um dragão de duas cabeças (PD). Tem o poder de controlar cobras a pedido de seu conjurante.

VUALL/WAL: Uma vez forçado a abandonar seu disfarce de camelo, Vuall pode fazer profecias e, de acordo com a PD, ganhar para seu conjurante o amor de "amigos e inimigos," assim como o amor de mulheres. Só tem um probleminha: "ele fala uma voz grave e na língua dos egípcios."

ZAGAN/ZAGAM: Um touro com asas de grifo (PD). Capaz de transformar todos os metais na "moeda dominante", assim como a água em vinho e vice-versa; o sangue em óleo e vice-versa.

ZEPAR: Demônio sexual, "aparece como um soldado" (PD). Desperta paixões em mulheres e "muda de forma, até que se afeiçoem a seu amado" (note a conexão possível com outros demônios metamorfos e sexuais — íncubo/súcubo — além das histórias apócrifas de Salomão e Sabá, nas quais a rainha muda de forma para fazer com que Salomão a deseje). Também faz com que mulheres se tornem estéreis.